« *Je préfère les héroïnes de la collection Turquoise parce que ce sont des jeunes femmes modernes. Elles travaillent et savent s'imposer. Elles ont du caractère sans être agressives.* »
Madame Pascale G..., Clermont-Ferrand.

« *Ce sont des femmes comme nous. Elles ont choisi la liberté. Celle de rêver et d'aimer. Ce qui ne veut pas dire qu'elles se posent en victimes ni qu'elles désirent se soumettre.* »
Mademoiselle Christine F..., Marseille.

« *Les héroïnes de Turquoise souffrent, se révoltent, se livrent totalement à leur passion. Comme on voudrait le faire.* »
Mademoiselle Catherine B..., Paris.

« *Leur psychologie reflète les mille et une facettes du cœur féminin, celui qui renaît chaque jour malgré les agressions et la grisaille de la vie moderne.* »
Madame Anne-Marie R..., Lorient.

Une raison supplémentaire de lire
la collection Turquoise.

TURQUOISE

Extraits du catalogue

Collection Turquoise

Turquoise Médaillon

Turquoise Sortilèges

ANNE BÉRAL

LE DESTIN
DE BARBARA

Turquoise Médaillon

PRESSES DE LA CITÉ

© *Presses de la Cité 1981*

ISBN 2-258-00891-3

1

Lorsque Barbara pénétra dans le bar du *Grand Hôtel* d'Athènes, elle constata, une fois de plus, que tous les yeux se tournaient vers elle. Se sentant rougir jusqu'à la racine des cheveux, elle faillit faire demi-tour. Mais elle se dit que ç'aurait été une forme de lâcheté et s'avança bravement vers la première table libre.

Sa commande prise, elle sortit de son sac le bloc de papier à lettres qu'elle venait d'acheter à la librairie du luxueux palace et, pour se donner une contenance, entreprit de tracer les mots d'une missive imaginaire adressée à personne.

A qui aurait-elle bien pu écrire ! Elle était seule au monde. Elle n'avait plus ni parents, ni amis, ni amour.

Un trait douloureux lui traversa le cœur à la pensée de sa mère, Mme Delsey, qui s'était éteinte, voilà quelques semaines, des suites d'une longue maladie. Son chagrin s'était doublé d'une cruelle désillusion sentimentale. Elle avait découvert qu'un vice secret dévorait l'homme qu'elle croyait aimer : joueur invétéré, Jean-François Stark allait si loin dans sa dangereuse passion qu'à la fin il était prêt à tout, même au pire, pour pouvoir s'asseoir à une table de chemin de fer ou de baccara.

Au souvenir de leur rupture, une moiteur perla à ses tempes. Sa coupe de champagne, à laquelle elle n'avait pas encore touché, lui sembla repoussante. Elle était sur le point de se lever, de s'en aller... quand, soudain, elle se sentit observée.

Deux hommes, installés à la table voisine, la regardaient avec attention. Sans doute avaient-ils remarqué le trouble où l'avait plongée l'évocation de son passé et trouvaient-ils étrange qu'une jeune fille suprêmement belle et séduisante semblât si lointaine et esseulée.

Lorsque Barbara leva les yeux vers eux, ils se détournèrent avec discrétion et s'efforcèrent de reprendre leur conversation comme si de rien n'était.

Sous les lumières tamisées qui éclairaient la pièce, la jeune fille avait à peine entrevu leurs visages. Pourtant, curieusement, ils restaient gravés dans son esprit avec la précision d'un cliché photographique.

L'un, blond et bouclé, avait des traits étonnamment fins et réguliers. « Un vrai pâtre grec », se dit-elle en songeant que, pour une fois, la comparaison aurait pu être vraie. Toutefois, elle venait de s'apercevoir qu'il s'exprimait en langue anglaise... et, de toute évidence, au style de son blazer bleu marine et de sa chemise rayée au col boutonné, il ressemblait bien plus à un jeune universitaire américain qu'à un garçon du pays.

L'ami qui lui faisait face était bien différent. Brun au teint mat, il portait une courte moustache qui teintait son sourire d'une pointe d'ironie. Son regard, vif et pétillant, respirait la fantaisie, l'humour.

Contrairement à son compagnon, qu'on devinait

moins affirmé, il donnait l'impression d'un homme parfaitement sûr de lui et à l'aise dans la vie.

Sans vouloir y prêter attention, Barbara percevait les accents chaleureux de leur dialogue. Ils semblaient se retrouver après une longue absence et en éprouver le plus vif plaisir.

Tout à coup, tandis que la jeune fille se décidait à tremper ses lèvres dans sa coupe de champagne, son regard vint à croiser celui du plus mûr de ses deux voisins.

Barbara sentit les yeux de l'homme lui dire qu'elle était jolie, très jolie. Mais ils ne reflétaient pas ce désir brutal qu'elle avait lu chez tant d'autres. Quelque chose de profond et d'intense, une sorte de respect se dégageait de ses prunelles obscures qui, en une seconde, semblaient avoir plongé jusqu'au cœur de sa féminité, de sa vérité...

Confuse du frisson qu'avait fait courir le long de son dos l'œil étrangement perspicace de son admirateur, Barbara se remit fébrilement à son courrier.

Hélas ! nulle phrase ne venait plus sous sa plume insoumise et, ne sachant plus que faire pour dissimuler sa gêne, elle entreprit d'allumer une cigarette, elle qui ne fumait que si rarement.

L'homme s'aperçut-il de son trouble ? Il lui sourit avec gentillesse, d'un air un peu étonné, légèrement ironique aussi.

Elle n'osa répondre à son sourire et baissa les yeux en s'efforçant de ne pas rougir.

Par bonheur, peu de temps après, les deux amis se levèrent pour aller régler leurs consommations et elle se sentit soulagée. Mais cinq minutes à peine s'étaient-elles écoulées que Barbara éprouva le désir de s'en aller à son tour.

— Votre coupe de champagne vous a été offerte par les messieurs qui se trouvaient à cette table, lui dit le barman en désignant la place qu'occupaient les deux inconnus.

Surprise, intriguée, gênée aussi par cette attention gratuite dont ses aimables voisins n'avaient pas cherché à profiter, la jeune fille resta songeuse un instant avant de se dire : « Bah, qu'importe, demain je serai loin ! »

Avant de regagner sa chambre, Barbara se promena un moment à travers des dédales d'arcades, de loges et d'alcôves qui faisaient de cet hôtel superbe, connu et admiré dans le monde entier, un véritable musée.

Ici, tout était luxe et splendeur d'autrefois. Rien à voir avec les palaces modernes, neutres et aseptisés. La hauteur des plafonds décorés de fresques, le moelleux des tapis aux teintes profondes, les enfilades de couloirs en colonnades, dont chaque recoin abritait une œuvre d'art, statue ou icône, évoquaient la splendeur d'une Antiquité que les générations futures n'avaient pas fini d'admirer...

Barbara ne regrettait pas d'avoir dépensé ses derniers sous pour s'offrir une nuit de rêve dans cet endroit grandiose avant de rompre les ponts avec son triste passé.

Demain, elle embarquerait à bord de l'*Amphitryon* pour une croisière de trois semaines en mer Egée. Ce serait l'ultime étape avant d'affronter une vie nouvelle... Avant d'être obligée de regarder l'avenir avec les seules armes dont elle disposait : sa jeunesse, sa volonté, son courage et son talent encore malhabile de styliste.

Son père était mort quelques années auparavant, et sa mère, qui venait de s'éteindre, la laissait dans une détresse et une solitude profondes. Après les éprouvantes et douloureuses opérations de succession, Barbara s'était trouvée à la tête d'une fortune dérisoire. Quelques milliers de francs. Et elle avait décidé de brûler ce maigre capital pour se refaire une santé et surtout un moral.

La Grèce, son soleil, ses îles enchanteresses lui avaient offert l'espoir d'une régénérescence, du renouveau dont elle avait besoin. Ce pays, riche des civilisations anciennes, lui semblait le lieu idéal pour retrouver son identité, sa personnalité, ses ambitions. Des ambitions qu'elle avait dû étouffer pour soigner sa mère, tombée malade, juste au moment où elle allait entreprendre des études de dessin pour se parfaire dans sa vocation.

Dans l'avion qui, le matin même, l'avait conduite de Paris jusqu'à Athènes, Barbara s'était dit que, ce soir-là, après la visite de la ville, elle se ferait servir un repas froid dans sa chambre princière.

La grande vie, oui, mais en solitaire !

C'est en attendant l'ascenseur pour regagner mélancoliquement ses appartements qu'elle avait aperçu le bar, un endroit délicieusement feutré, meublé de profonds fauteuils en velours soyeux, à la moquette si épaisse qu'elle avait eu envie d'y marcher pieds nus... Les accents poignants de vieux airs de blues lui étaient parvenus. Et même si leur rythme langoureux offrait le plus parfait contraste avec le folklore grec dont elle avait été bercée au cours de sa visite d'Athènes, Barbara s'était sentie étrangement attirée par ce lieu qui invitait à l'abandon et à la douceur de vivre.

De retour dans sa chambre, après une douche fraîche, elle avait décidé d'y redescendre. Tant pis s'il était peu courant qu'une jeune fille seule s'installe dans un bar ! Après tout, il n'y avait personne pour la surveiller et elle n'avait de compte à rendre qu'à elle-même.

Fermement décidée à se donner l'apparence d'une vraie jeune femme et non d'une adolescente qui s'émancipe, elle avait alors repoussé ses robes timides pour revêtir un tailleur de toile fuchsia, dont l'échancrure dévoilait la naissance de ses seins haut placés.

En se regardant dans la glace, elle s'était interrogée. N'allait-elle pas donner l'impression de chercher une aventure ?

« Non », s'était-elle dit devant l'éclat de ses yeux gris-vert qui reflétaient tant de désarroi qu'on ne pouvait les prendre pour ceux d'une ensorceleuse.

Et, d'un geste preste, elle avait saisi son sac et quitté sa chambre pour aller s'offrir un moment d'innocent plaisir.

Barbara était belle. Sa longue chevelure aux tons cuivrés, la transparence de sa peau, l'éclat de son teint, son corps parfait, tout en elle semblait avoir été conçu sans défaut. Mais, si la nature lui avait donné d'inestimables atouts, le destin s'était chargé de lui faire comprendre qu'ils n'étaient pas toujours utiles au bonheur ! Aussi n'en tirait-elle nulle vanité et s'efforçait-elle de se faire valoir par ses qualités humaines plus que par son physique, qu'elle jugeait un peu encombrant. Il lui arrivait d'être gênée par sa trop séduisante apparence, qui empêchait si souvent les gens de la prendre au sérieux, de voir en elle autre chose qu'une « jolie fille ». Et, au lycée, lorsqu'elle était adolescente, elle avait même souffert de la jalousie de ses camarades de classe, envieuses de ses harmonieuses rondeurs et de ses cuisses fuselées...

Comme son adolescence lui semblait lointaine à présent ! La mort de sa mère et l'échec de ses fiançailles l'avaient fait devenir femme avant l'heure. Et si son corps n'avait rien perdu de sa belle jeunesse, son esprit, lui, avait acquis la profondeur et le sérieux d'une adulte.

C'est à tout cela qu'elle pensait au cours de la promenade qui, au sortir du bar, l'avait conduite jusqu'au bout du parc de l'hôtel, tout empreint des parfums suaves des lauriers-roses, du tilleul et de l'acacia.

« Allons, il est temps que j'aille me reposer, se dit-elle. Demain une belle aventure commence. »

Elle regagna sa chambre, commanda un peu de saumon fumé et, fatiguée, s'endormit sans tarder.

Au cours de la nuit, elle fit un rêve bien étrange. Elle se voyait en robe de mariée, dans une vaste cathédrale où résonnaient les accents de *la Marche nuptiale*.

Arrivée devant le chœur, deux hommes lui tendaient les mains : l'un vêtu de blanc, l'autre de noir. Barbara reconnaissait alors ses deux voisins du bar.

A ce moment-là, un troisième homme apparaissait, son ancien fiancé, Jean-François Stark. Le visage grimaçant, il lui lançait : « Eh bien, Barbara, il est temps de choisir ! Lequel de nous trois veux-tu pour époux ? »

Elle s'était réveillée en sursaut, mal à l'aise. Puis, ayant pris le parti de rire de ce songe fantaisiste, s'était promptement rendormie.

2

Il était 9 heures du matin, le lendemain, lorsque Barbara se présenta au Pirée pour embarquer à bord de l'*Amphitryon*.

Sur le port resplendissant de soleil régnait une activité fébrile. Des groupes de pêcheurs revenaient du large, leurs paniers chargés de poissons aux reflets moirés, raidis dans leur fraîcheur marine. Çà et là, sur des lits d'algues, des homards, des langoustes, des gambas frétillantes invitaient à des festins royaux.

Par la vitre ouverte de la voiture, la jeune fille respirait les effluves iodés, le parfum de la mer et de l'air salé, tout en se réjouissant du spectacle bruyant et coloré.

— Regardez, là-bas, c'est votre bateau mademoiselle, lui dit le chauffeur dans un français maladroit. Vous allez faire un voyage magnifique ! Navire de rêve... paysages superbes... cuisine délicieuse et... jolis garçons ! ajouta-t-il en lui lançant un clin d'œil complice dans le rétroviseur.

Barbara sourit à ce discours qu'il devait débiter à tous ses clients. Il n'empêche que la jovialité du vieux Grec l'avait mise de bonne humeur, et elle se sentit soudain gagnée par une bouffée d'enthousiasme à l'idée de la belle croisière qu'elle allait faire.

Elle chercha des yeux un porteur tandis que son chauffeur déchargeait ses bagages. En apercevant un qui venait dans sa direction, elle était sur le point de lui désigner ses valises, lorsque l'homme lui fit comprendre qu'il était déjà pris.

La jeune fille se retourna machinalement vers les voyageurs qui l'avaient devancée et reconnut alors deux visages familiers... ceux de ses voisins de la veille au bar du *Grand Hôtel.*

Il y eut une brève lueur de plaisir dans son esprit, bientôt censurée par un étrange malaise.

Elle était à la fois heureuse et contrariée de découvrir que les deux hommes allaient vivre pendant trois semaines à ses côtés sur cet îlot flottant qu'elle avait choisi pour refuge.

Mystérieusement, quelque chose lui dictait déjà que leur présence risquait de faire de ce voyage qu'elle avait prévu calme et réfléchi une aventure peut-être dangereuse, en tout cas moins sereine.

Elle s'efforça néanmoins de se montrer courtoise et leur adressa son plus charmant sourire.

— Ce porteur est le vôtre, mademoiselle, lui dit l'homme brun en s'inclinant galamment.

— Merci messieurs, et merci aussi pour la coupe de champagne que vous m'avez si gentiment offerte hier soir. Qui aurait pu dire que nous nous retrouverions ce matin !...

D'un mouvement joyeux et spontané, le jeune homme blond vint alors vers elle et lui tendit la main.

— Quel plaisir de vous savoir à bord avec nous ! J'imaginais que nous n'aurions pour compagnes que de vieilles Anglaises à fanfreluches. A vous seule, vous allez toutes nous les faire oublier !

Ils rirent tous deux, aussitôt unis par un courant de sympathie. Resté à l'écart, son ami arborait son étrange sourire et semblait les observer avec une curiosité amusée.

Intriguée par cette réserve dans laquelle elle crut lire une critique, Barbara le regarda droit dans les yeux, en quête d'un mot qui démentirait ses craintes. Mais il se contenta de lui lancer d'une voix teintée d'impatience :

— Ne faites donc pas trop attendre votre porteur, mademoiselle, sinon il va vous abandonner pour courir vers d'autres voyageurs plus pressés d'embarquer... Et, comme s'il avait soudain réalisé que cette phrase allait être désagréable à Barbara, il ajouta en se tournant vers son ami :

— Je propose, Adam, que nous invitions notre charmante passagère à prendre un verre avant le déjeuner. N'est-ce pas une bonne idée ?

— Excellente, Gary ! répondit-il.

— Eh bien, dans ce cas, c'est entendu, enchaîna Barbara qui se dirigea enfin vers la passerelle.

Le plus jeune des deux hommes l'avait tout de suite séduite par sa simplicité, son visage franc et ouvert. L'autre semblait moins accessible.

« Sans doute suis-je troublée par la différence d'âge qu'il y a entre nous », se dit-elle en guise d'explication.

En effet, à la lueur du jour, il lui était apparu nettement plus âgé qu'Adam. Ce dernier avait à peine vingt ans, alors que Gary, lui, devait avoir largement dépassé le cap de la trentaine. Il n'en demeurait pas moins fort séduisant, svelte et sportif dans son costume de lin blanc qu'il portait avec une élégance nonchalante. Une certaine expérience de la vie se lisait sur son visage bronzé, viril, illuminé d'un sourire éblouissant. Ses yeux, d'un brun très clair parsemé de paillettes plus sombres, donnaient une impression de malice et de finesse.

Adam avait un physique moins affirmé. Son visage fin, son regard limpide reflétaient une pureté encore juvénile. Très grand, très mince, mais cependant musclé avec fermeté, il avait l'allure dégingandée d'un garçon encore mal installé dans la vie, mais non dépourvu d'ambition et de personnalité. D'ailleurs, à l'assurance de son sourire, on devinait qu'il n'avait pas attendu la majorité pour être sensible au charme des femmes, auprès desquelles il devait remporter d'incontestables succès.

En arrivant à la porte de sa cabine, Barbara se reprocha de n'avoir cessé, depuis sa descente de taxi, de penser à ces deux hommes qu'elle ne connaissait pas et ne souhaitait guère connaître beaucoup plus.

Ne voulait-elle pas profiter de cette croisière pour faire le point en elle, en toute tranquillité, en toute solitude ?

La beauté et le luxueux confort de sa cabine vinrent heureusement la distraire. Pour l'instant, elle devait procéder à son installation. Elle aurait bien le temps de songer, plus tard, à ses relations avec les deux voyageurs !

La jeune fille fit le tour du propriétaire avec ravissement. Sa chambre était encore plus belle qu'elle ne l'avait espéré en consultant les dépliants de l'agence de voyages à laquelle elle s'était adressée.

Dans la grande tradition du confort et du luxe des grands navires de croisière, sa cabine aux murs lambrissés invitait à l'abandon le plus voluptueux. Des draps de satin crème sur le vaste lit entrouvert, de lourdes tentures de velours aux portes et hublots, des meubles d'acajou, une salle de bains de mosaïque bleu tendre, tout semblait fait exprès pour ce que Barbara recherchait : un cadre paisible et reposant pour guérir son âme tant éprouvée et lui redonner goût à la vie.

Il lui fallait en effet vaincre au plus vite sa dépression et son amertume si elle voulait pouvoir, dès son retour en France, se bâtir l'avenir dont elle avait rêvé.

Car elle avait décidé d'entreprendre une belle carrière, Barbara...

Ayant perdu tous ceux à qui elle tenait, elle s'était fixé pour seul objectif de réussir dans son métier. D'acquérir, certes, un peu de fortune, si possible, mais surtout de s'affirmer par son talent, son originalité, ses créations inattendues en matière de mode. Et elle avait ses petites idées là-dessus. Selon elle, on n'offrait pas aux femmes d'aujourd'hui les toilettes faites pour leur aller vraiment. Entre les modèles de haute couture, inaccessibles à la plupart, et le blue-jean ou le banal ensemble jupe-chemisier de la majorité, il y avait une nouvelle élégance à créer, simple, pratique dans la vie active, mais gracieuse, seyante et féminine.

Elle comptait d'ailleurs sur cette croisière pour mettre au point les éléments d'une première collection.

Brusquement, son rendez-vous avec les deux séduisants passagers lui revint à l'esprit. Et elle en éprouva une vive contrariété. Elle avait accepté une invitation qui en appellerait sans doute une autre, et cela risquait de nuire à sa liberté et à sa tranquillité. Où trouverait-elle le temps de travailler et de réfléchir sereinement si elle se laissait entraîner, à peine embarquée, à entretenir des relations avec les premiers venus ?

« Je vais me décommander, se dit-elle. Je prétexterai de la fatigue et je m'efforcerai de leur faire comprendre que je désire rester seule. »

Même si une petite voix au fond d'elle-même lui faisait un peu regretter cette décision, elle entreprit de téléphoner à la réception pour se procurer le numéro de cabine d'Adam et de Gary. Découvrant au dernier moment qu'elle ignorait leurs noms de famille et que, en conséquence, elle ne pouvait les faire identifier auprès de la standardiste, elle écrivit un message qu'elle ferait porter au bar.

« Messieurs, une grande fatigue m'empêche de répondre à votre gentille invitation. Pour des raisons familiales, j'éprouve actuellement un vif besoin de solitude que vous comprendrez, j'en suis sûre. J'espère retrouver rapidement un meilleur moral et pouvoir vous offrir un visage plus riant que celui que je ne pourrais que vous imposer actuellement. Croyez en toute ma sympathie.

BARBARA DELSEY. »

Satisfaite de sa missive, mais un peu mélancolique quand même, elle fit appeler un coursier. Celui-ci arriva au bout d'un quart d'heure, essoufflé.

— Excusez-moi, mademoiselle. Nous sommes débordés. Je n'ai pu venir plus vite. Le jour de l'embarquement, nous ne savons plus où donner de la tête pour satisfaire les passagers, lui expliqua-t-il. Et il disparut aussi vite qu'il était venu, en enfouissant le mot de Barbara au fond de la poche de sa veste.

Barbara sourit. Le jeune homme avait quinze ans à peine et, tout rouge sous ses taches de rousseur, il semblait n'avoir pas encore une grande expérience de sa profession.

Quelques instants plus tard, ayant défait ses

valises, elle s'installait sans plus attendre à son petit bureau en bois de rose pour travailler à ses premiers dessins.

L'heure du déjeuner était largement passée lorsque Barbara songea qu'il lui fallait se restaurer. Elle revêtit en toute hâte une robe-chemisier blanche et se dirigea vers la salle à manger.

Comme malgré elle, ses yeux firent le tour de la vaste et luxueuse enceinte où, individualisées par des recoins de verdure et des cascades de fleurs, se regroupaient les tables lourdement chargées de cristaux et d'argenterie.

Elle aperçut sans tarder Adam et Gary qui déjeunaient en compagnie de deux charmantes jeunes femmes.

« Je ne leur aurai pas trop manqué », se dit-elle, et elle en éprouva, l'espace d'une seconde, une certaine pointe de jalousie. Puis, finalement ravie de la solitude qu'elle avait choisie, Barbara se dirigea vers une petite table ronde où elle trouva la carte.

Depuis que sa mère était tombée malade, les mots de « bonne cuisine » ne voulaient plus rien dire pour elle. Ces derniers temps, elle s'était nourrie de fruits, de quelques biscuits, bref de mets vite avalés, ne nécessitant nulle préparation. Elle avait d'ailleurs perdu plus de trois kilos au long des mois précédents et était ravie de voir son appétit lui revenir.

Les petits hors-d'œuvre grecs, le poisson grillé, le carré d'agneau rosé, suivis de la variété des desserts, tartes, crèmes et sorbets plus appétissants les uns que les autres, proposés par le menu, lui mirent l'eau à la bouche.

Mais, peu habituée à ces repas princiers, elle dut composer plus sagement son déjeuner afin de ne pas être indisposée.

20

En fait, elle ne prit guère d'intérêt à ce qu'il y avait dans son assiette. Bien qu'elle cherchât à se concentrer sur ses projets professionnels, son regard, échappant à sa volonté, n'avait de cesse de rencontrer celui d'Adam ou de Gary. Mais, bien qu'ils soient placés à cinq ou six tables de la sienne, ils ne semblaient pas même s'être rendu compte de sa présence.

Elle commandait son café quand, soudain, l'œil clair du bel Adam vint croiser le sien.

Elle ébaucha un sourire, mais il fit maladroitement semblant de l'ignorer.

« Que se passe-t-il ? se demanda-t-elle. Il m'a vue, j'en suis sûre. Pourquoi cette fuite ? Sans doute a-t-il trouvé une cavalière plus à son goût », conclut-elle en détaillant la jeune fille blonde qui se tenait en face de lui.

Cela dit, son regard s'attarda beaucoup plus sur la magnifique créature qui faisait face à Gary et qui semblait, par sa verve et sa nature explosive, être le boute-en-train de la table.

Barbara termina mélancoliquement son déjeuner et se disposa à aller prendre le soleil au bord de la piscine.

Lorsqu'elle quitta sa table, les deux hommes ne levèrent même pas les yeux vers elle. Et Barbara, qui avait un peu espéré que son départ attirerait leur attention, se sentit étrangement dépitée.

Adam l'avait vue et c'est volontairement qu'il l'avait ignorée. Pourquoi ? N'avait-il pas cru à la sincérité de son message ou ne s'intéressait-il plus à elle parce qu'il avait trouvé compagne plus à son goût ?

Elle ne parvenait pas à croire que ces deux hypothèses fussent les bonnes.

Elle avait cru lire un peu de rancœur dans le regard en coin que lui avait adressé Adam, et la raison de cette attitude lui échappait totalement.

Elle renonça à la piscine et préféra se promener un moment sur le pont, humant le parfum frais de l'air du large, contemplant la beauté de la mer parsemée de loin en loin d'îlots au blanc crayeux, qui distrayaient le regard du bleu infini des flots.

En regagnant sa cabine, Barbara aperçut les deux hommes qui s'exerçaient au putting sur le green de golf aménagé sur le pont arrière pour le plaisir des nombreux passagers qui étaient passionnés par ce sport élégant. Elle chercha des yeux leurs deux belles amies. Mais, apparemment, les jeunes femmes les avaient quittés, et elle en ressentit une petite satisfaction qu'elle s'efforça de ne pas s'avouer.

De retour chez elle, Barbara termina son installation avec moins d'enthousiasme et de dynamisme que le matin. A présent, elle regrettait qu'Adam et Gary aient adopté aussi vite une attitude indifférente vis-à-vis d'elle. Et pourtant n'est-ce pas ce qu'elle avait voulu ?

Pour ne plus y penser, elle reprit ses croquis du matin, élimina les moins réussis, perfectionna les meilleurs. Puis, gagnée par une douce torpeur, elle s'allongea sur son lit où elle s'assoupit, heureuse de réapprendre le sommeil. Cela faisait tant de mois que ses nuits avaient été perturbées par tous ses soucis ! A présent, il lui fallait recommencer à vivre normalement. Et même si le chagrin s'abattait souvent sur elle comme une chape de plomb, elle avait décidé de lutter, de ne pas se laisser aller à l'abandon. Cette croisière était destinée à l'y aider.

Lorsqu'elle retournerait à Paris, elle espérait être en pleine forme pour aller frapper aux portes des grands couturiers, trouver une situation et s'imposer dans la société...

3

Lorsque Barbara s'éveilla de sa sieste, le soleil était encore haut dans le ciel, tout gorgé de chaleur et de lumière. Elle décida donc d'aller faire quelques longueurs de bassin à la piscine. Après tout, elle n'était pas venue sur ce splendide paquebot pour rester enfermée dans sa cabine. Un peu d'exercice lui ferait le plus grand bien.

En cette fin d'après-midi, presque tous les passagers prenaient le frais au bord de l'eau et la jeune fille eut l'occasion de constater qu'Adam ne s'était pas trompé de beaucoup en supposant qu'il n'y aurait que de vieilles Anglaises excentriques sur l'*Amphitryon*.

La majorité des voyageurs avait largement dépassé la cinquantaine, si ce n'est la soixantaine. Des couples d'âge mûr, dont la tenue et les manières révélaient le compte en banque bien fourni, quelques dames seules qui ne désespéraient pas encore de trouver l'âme sœur, quelques nobles et vieux messieurs fumant le cigare et portant le panama formaient les deux tiers de la clientèle du navire.

Barbara remarqua toutefois un joyeux groupe de jeunes gens de bonne famille, deux ou trois couples d'amoureux — sans doute des jeunes mariés en lune de miel — et enfin, pour achever le tableau, une demi-douzaine de célibataires que leur solitude amoureuse semblait avoir regroupés sur les hauts tabourets du bar, d'où ils pouvaient avoir une vue panoramique sur la piscine et leurs éventuelles jeunes proies.

Force fut à Barbara de reconnaître qu'à part deux grandes filles maigres qui passaient leurs vacances avec leurs familles elle était la seule jeune femme libre et indépendante de ce voyage.

Mais elle décevrait bien vite ceux qui tenteraient de l'approcher. Elle ne voulait plus entendre parler d'amour avant un bon bout de temps. Sa malencontreuse expérience avec Jean-François l'avait vaccinée. Et, si elle éprouvait un vif besoin d'amitié, elle n'était pas d'humeur à laisser s'épanouir le moindre flirt.

Lorsqu'elle laissa glisser son peignoir de bain, elle sentit se poser sur son corps à demi-nu bien des regards d'envie ; ceux des femmes recherchant jalousement le défaut qui aurait pu entamer la perfection de sa silhouette, ceux des hommes, ouvertement admiratifs.

Elle se jeta tout de suite à l'eau, peu désireuse de se donner en spectacle, et se mit à nager avec application. Essoufflée, elle prenait appui sur le bord du bassin lorsqu'elle aperçut Gary.

Il était installé dans un transat à quelques mètres de là, une pile de journaux à ses pieds. Il portait des lunettes noires, aussi ne distinguait-elle pas la direction de son regard. Toutefois, elle eut la certitude qu'il l'avait vue. Et, comme il se levait pour plier bagages, elle en déduisit qu'il la fuyait.

« Mais que leur ai-je donc fait ?6» se demandat-elle, tourmentée par l'étrange parti que les deux hommes avaient pris de l'ignorer.

Vexée, un peu malheureuse de se voir ainsi repoussée, force lui fut de reconnaître qu'elle l'avait bien mérité. Au lieu de se décommander lâchement, elle aurait mieux fait de se rendre au rendez-vous et de leur expliquer de vive voix son malaise et son désir de solitude.

Elle prit un long bain de soleil en s'efforçant de faire le vide dans sa tête et de profiter du doux plaisir des rayons brûlants qui doraient sa peau.

« Ce soir, je dînerai dans ma cabine », se dit-elle en quittant la piscine. Elle se sentait un peu mélancolique et, aux mondanités de la salle de restaurant, elle préférait, ce soir, l'intimité douillette de sa chambre. Elle ne put s'empêcher de penser qu'Adam et Gary verraient ainsi que sa fatigue n'était pas un vain mot. Car ils avaient dû être surpris à midi de la voir venir déjeuner, fraîche et pimpante, alors qu'elle s'était déclarée trop lasse et déprimée pour boire un verre avec eux.

« Oui, décidément, se dit-elle en se mordant les lèvres, je me rends compte, à présent, que j'ai manqué de tact. Que faire pour me rattraper ? »

Certes, elle ne désirait pas entretenir avec eux des relations suivies, mais elle regrettait d'être apparue à leurs yeux comme une jeune fille incorrecte.

Ses parents lui avaient inculqué, dès son plus jeune âge, les meilleurs principes de politesse et elle éprouvait du remords, vis-à-vis de sa mère défunte, d'avoir fait preuve d'un manque de perspicacité et de savoir-vivre, si contraire à son éducation.

... Elle avait cru laisser percer dans sa lettre un peu de cette véritable détresse qu'elle ressentait au fond de son cœur. Mais les deux hommes ignoraient tout de ses malheurs. Comment auraient-ils pu comprendre !

26

Elle était sur le point d'arriver à sa cabine lorsque, précisément, elle croisa le coursier qui leur avait porté son message d'excuses. En l'apercevant, le gamin marqua un brusque temps d'arrêt. Il rougit jusqu'aux oreilles et, comme si la vision de la jeune fille lui avait rappelé quelque chose, s'enfuit comme un voleur.

« Que lui arrive-t-il ? » se demanda en souriant Barbara qui trouvait sa naïveté attendrissante.

Et, soudain, elle crut comprendre ! N'avait-il pas oublié, dans son inexpérience, de porter sa missive ?

Comment le savoir ? Elle n'allait tout de même pas demander aux deux hommes s'ils avaient bien été avertis. Après la manière dont ils l'avaient snobée, elle ne se sentait pas l'audace de les aborder. Non, il fallait attendre qu'une occasion les remette en présence et lui permette de s'expliquer.

Il n'empêche qu'elle se sentit tourmentée toute la soirée. Et, devant la superbe langouste qui lui fut servie dans sa chambre, elle resta abattue et sans appétit. Elle s'allongea sur un canapé et y demeura un long moment alanguie, sans même désirer commencer un des nombreux livres qu'elle avait apportés dans ses bagages et qui, d'ordinaire, constituaient sa distraction favorite.

Elle entendit s'élever, lointains et assourdis, les premiers accents de l'orchestre qui ouvrait le bal. « On danserait tous les soirs sur le bateau », lui avait dit l'hôtesse en lui remettant les clés de sa cabine...

Une larme perla à ses yeux. Aurait-elle l'occasion de participer aux festivités du navire ? Peut-être plus, à présent qu'elle avait repoussé les deux plus sympathiques passagers !

Avait-elle eu raison de vouloir s'isoler ainsi ? La vie, l'avenir n'étaient-ils pas là-bas, dans la salle de bal ? Au nom de qui, au nom de quoi se morfondaitelle seule dans sa chambre ? D'un deuil douloureux, certes, mais peut-être plus encore d'un dépit amoureux qui l'avait laissée craintive, timide et un peu asociale.

Elle commanda une tisane pour se calmer les nerfs. Elle imaginait maintenant avec envie les couples de danseurs évoluant légèrement sur la piste, dans la joie et l'euphorie de ce début de croisière. Elle se représentait Adam et Gary enlaçant les jolies femmes avec lesquelles ils avaient déjeuné.

Pourquoi les avait-elle repoussés en fin de compte ? Parce qu'elle avait peur des hommes depuis son échec avec Jean-François ?

Elle fut surprise de découvrir une rose sur le plateau qu'on lui porta avec sa tisane. Elle crut d'abord à une gracieuse attention de la direction de la compagnie maritime puis s'aperçut soudain que la fleur était accompagnée d'une carte de visite :

« Adam Wells vous prie de l'excuser de l'impolitesse dont il a pu faire preuve à votre égard. Par une étourderie du coursier, il n'a reçu votre message qu'en début de soirée. Il vous présente tous ses vœux de rapide rétablissement et se tient chaleureusement à votre disposition pour vous aider à retrouver meilleur moral. »

En post-scriptum, il avait rajouté :

« Gary se joint à moi pour vous souhaiter une bonne nuit. Admirativement. ADAM WELLS. »

Barbara poussa un profond soupir de soulagement. Légère tout à coup, elle esquissa quelques pas de danse dans sa cabine, courut faire sa toilette et se coucha sereine, tranquille, sûre d'un lendemain heureux.

Elle s'éveilla avec les premiers rayons de l'aube. A bord, tout était calme et encore endormi.

L'envie lui vint alors d'aller prendre un bain avant le petit déjeuner. Elle se sentait si pleine de force et d'enthousiasme, il fallait en profiter !

Elle enfila son maillot de bain, releva ses longs cheveux et, sans autre souci d'élégance, s'enveloppa d'une large serviette-éponge, sûre qu'elle ne rencontrerait personne à cette heure matinale.

Comme elle s'en était douté, il n'y avait pas âme qui vive autour de la piscine, pas même un matelot ou un membre du personnel de service. Alors, après un dernier regard scrupuleux alentour, n'y résistant pas, Barbara dégrafa le soutien-gorge de son deux-pièces et plongea. Il était si doux de sentir sur sa peau la caresse fraîche de l'eau claire. Pourquoi se priver de ce plaisir tandis que tout le monde dormait encore après la tardive fête de la veille ?

Elle s'ébroua comme une enfant, se livrant sans complexes aux joies de la baignade, ivre de l'air pur du matin, de l'infini bleu du ciel, du silence à peine troublé par le cri rauque des mouettes qui survolaient le navire.

Lorsqu'elle remonta se sécher, elle souriait, heureuse, affamée, prête à entamer ce jour superbe dans des dispositions bien différentes de celles de la veille.

Soudain, elle entendit un discret raclement de gorge. Son premier geste fut de se précipiter vers sa serviette de bain pour cacher ses seins nus, triomphalement cinglés par l'eau froide. Après quoi, elle scruta les alentours.

Elle mit un moment à découvrir Gary. Pour se protéger des courants d'air frais du matin, il s'était installé derrière un auvent de toile. Bien sûr, en se dénudant, Barbara n'avait pas soupçonné que quelqu'un puisse être assis dans ce coin abrité. Mais, à présent, elle devait se rendre à l'évidence, Gary était arrivé là avant elle.

L'avait-il vue nue ? Sans doute. Mais il avait la courtoisie de n'en rien laisser paraître et s'absorbait dans la lecture d'une revue.

« Mon Dieu, quelle écervelée je suis ! » se dit Barbara, confuse. Il n'empêche qu'elle devait maintenant assumer la situation. Aussi balbutia-t-elle un timide « Bonjour ».

Ce n'est qu'alors qu'il releva la tête pour lui sourire, de ce sourire légèrement en coin dont elle avait déjà remarqué, l'avant-veille au bar du *Grand Hôtel,* ce qu'il avait de troublant et de subtil. Ironie, douceur, charme mystérieux ? Elle avait du mal à deviner ce qu'il voulait exprimer. En tout cas, il lui faisait beaucoup d'effet puisque, à nouveau, elle sentait courir dans son dos ce fluide brûlant qu'elle n'osait identifier.

— Mademoiselle Delsey, dit-il alors, je m'en veux d'avoir dérangé votre baignade matinale...

Ironisait-il sur le sans-gêne dont elle avait fait preuve en quittant son maillot ?

— ... En tout cas, poursuivit-il, cela me donnera l'occasion de dissiper le malentendu qu'il y a eu entre nous hier. Nous n'avons reçu qu'à la nuit tombée le petit mot qui aurait dû nous parvenir le matin. Vous comprenez qu'Adam et moi avons été déroutés de ne pas vous voir venir. Nous avons cru que nous vous déplaisions et que vous souhaitiez couper court à nos relations, peut-être un peu trop vite ébauchées. Voilà pourquoi nous ne nous sommes plus manifestés durant le reste de l'après-midi. C'est un malheureux contre-temps que nous oublierons vite, je l'espère, conclut-il.

30

C'est alors que Barbara s'aperçut qu'il était en smoking. Intriguée, elle l'examina des pieds à la tête.

— Oui, je ne me suis pas couché, déclara-t-il pour répondre à sa surprise. Je suis encore en tenue de soirée, une soirée charmante qui l'aurait été plus encore si vous aviez été présente. Voyez-vous, je suis comme une vieille chouette, j'aime vivre la nuit. D'ailleurs, je n'ai pas le choix! Ma nature est ainsi faite qu'elle ne m'autorise à m'endormir qu'au petit matin. Mais ce n'est pas si désagréable! On peut travailler et réfléchir en paix quand le monde est au repos et que le silence règne. On peut s'amuser aussi, et les plaisirs de la nuit ont un charme incomparable... Même s'ils sont moins sains que ceux que vient de vous offrir votre bain matinal!

Il éclata d'un grand rire franc et, devant Barbara ébahie, annonça :

— Eh bien, maintenant, il est temps que j'aille me coucher!

Il était 7 heures du matin...

Attablée devant un thé fumant, dans le ravissant salon tendu d'un schintz blanc semé de boutons d'or où l'on servait le petit déjeuner, la jeune fille se prit à sourire en repensant à Gary.

Il était vraiment charmant! Sa désinvolture, son humour, l'intelligence que l'on sentait briller dans le moindre de ses regards, de ses sourires, tout en lui étonnait et séduisait Barbara, qui n'avait jamais eu l'occasion de rencontrer des hommes de sa trempe et de son expérience. Elle avait l'impression qu'auprès de lui on ne devait jamais s'ennuyer ni s'inquiéter. Il se dégageait de lui une telle force, une telle assurance!

Quelles étaient ses relations avec Adam? se

demanda-t-elle tout à coup. Une bonne dizaine d'années les séparaient. Et il était fort probable qu'il y avait autre chose que de l'amitié entre eux. Un lien de parenté ? Ils étaient peut-être cousins, ou oncle et neveu, ou encore maître et élève puisque Adam portait sur sa veste, l'autre soir à l'hôtel, un blason universitaire.

Non, cette dernière hypothèse était improbable, les deux hommes donnaient l'air d'être plus familiers...

Quelle était alors la profession de Gary ?

Il devait être fortuné. Ses vêtement élégants, dans lesquels son œil expérimenté avait reconnu la main d'un grand faiseur, en étaient une preuve ! D'ailleurs, tous les passagers de l'*Amphitryon* devaient être riches, car la croisière était coûteuse.

Barbara réfléchit : Gary respirait la finesse et l'intelligence, oui, mais sans avoir l'air d'un intellectuel. Parfaitement maître et sûr de lui, on sentait toutefois qu'il n'éprouvait pas le besoin de s'imposer, de briller, de se faire valoir. Avec Adam, qui n'avait sans doute pas son expérience, il se comportait en toute simplicité, d'égal à égal. Sans la moindre et pourtant légitime supériorité. Travaillait-il dans les affaires ? Non, il avait trop de fantaisie... Dans le monde du cinéma ou du spectacle ? Non, était trop discret, trop secret... Peut-être était-il journaliste, conclut-elle au bout d'un instant. Sa manière de s'intéresser à tout, l'impression qu'il donnait d'avoir beaucoup voyagé, le fait qu'il travaillât la nuit, comme il venait de le lui dire, et la pile de journaux qu'il avait à ses pieds, hier à la piscine, pouvaient le laisser supposer.

« Allons, qu'importe, se dit-elle enfin, agacée de se poser malgré elle toutes ces questions sans réponses. Je ferais mieux de penser à mon futur métier plutôt qu'au sien. Ce serait faire preuve de plus de bon sens ! »

Tout en compulsant un manuel technique sur la mode et le stylisme, Barbara prit un long bain de soleil jusqu'à l'heure de midi.

Au cours du lunch, qu'elle prit au bord de la piscine, elle fit la connaissance d'une vieille romancière anglaise qui l'aborda en lui disant :

— Vous êtes aussi jolie que les héroïnes de mes histoires d'amour. Comme quoi il n'y a pas que dans mon imagination de vieille fille que les femmes sont belles, franches et ouvertes !

Barbara l'avait trouvée sympathique et avait été heureuse de parler un moment avec elle de ses lectures.

Puis elle avait quitté sa nouvelle amie et était allée se changer pour l'escale qui était prévue l'après-midi à l'île de Sifnos.

Elle fut interrompue dans ses préparatifs par un coup frappé à la porte de sa cabine.

C'était Adam.

Après qu'il se fut excusé, à son tour, sur la méprise de la veille, il lui demanda :

— Accepteriez-vous de visiter Sifnos en notre compagnie ? Papa connaît très bien l'île et il se propose de nous faire découvrir les plus charmantes petites criques. Il affirme qu'il n'y a pas plus bel endroit pour se baigner et faire de la pêche sous-marine...

Interloquée, Barbara dévisageait Adam comme si elle l'avait mal entendu.

— C'est Gary... que vous appelez papa ? demanda-t-elle enfin.

— Mais oui, bien sûr ! répondit-il en riant. Il fait très jeune, c'est vrai... et moi peut-être un peu plus

33

vieux que je ne le suis réellement. Mais rassurez-vous, j'ai dépassé tout de même la majorité. Mon père a trente-neuf ans... Oui, c'était un garçon précoce! ajouta-t-il en devinant que la jeune fille venait de calculer que Gary avait dû se marier bien jeune pour être père avant vingt ans.

Puis, piaffant d'impatience et apparemment peu désireux de poursuivre la conversation sur ce sujet, Adam entraîna Barbara vers la chaloupe où un premier groupe de passagers s'apprêtait à gagner la terre. Gary les y attendait, son drôle de petit sourire au coin des lèvres.

Sifnos l'immaculée... Barbara fut éblouie par la beauté de l'île et du petit village où ils débarquèrent. Autour du minuscule port de Kamarès, encombré de bateaux multicolores, des maisons de poupées uniformément blanches s'étageaient, se mélangeaient, s'emboîtaient, formant une architecture unique et asymétrique sur les flancs d'une colline douce. Seuls le bleu délavé des volets, clos en cette heure de plein soleil, et l'émeraude des vignes qui couraient de terrasse en terrasse tranchaient sur la blancheur de la chaux.

Mais, déjà, Gary se dirigeait vers un sentier qui s'écartait du village.

— Venez vite vous baigner, nous aurons tout le temps de visiter ce surprenant labyrinthe lorsque le soleil sera moins chaud.

Barbara et Adam le suivirent sans se faire prier, ravis de délaisser les autres touristes qui se préparaient à une visite organisée dans les règles. Ils rattrapèrent Gary devant la porte d'une maisonnette blottie dans l'ocre de la colline. Il parlementait en grec — langue qu'il semblait parfaitement connaître — avec une vieille femme toute vêtue de noir, sèche et ridée comme la terre de son pays, au visage illuminé par de grands yeux noirs, ardents et généreux.

Avec un large sourire, elle entraîna les trois visiteurs à l'intérieur de son habitation qui, bien que des plus rustiques, sentait bon le propre, la cire et la lavande dont un gros bouquet séchait au-dessus de l'âtre.

Ils ressortirent les bras chargés de chapeaux de paille, d'une miche de pain, d'olives et d'une bonbonne de vin blanc au parfum de résine.

Mis d'excellente humeur par la perspective du pique-nique qui promettait d'être savoureux, ils arrivèrent à l'endroit qu'avait prévu Gary pour la baignade.

La large plate-forme crayeuse qui surplombait la mer leur réservait un spectacle presque irréel : ils se trouvaient sur le toit d'une grotte marine qui s'était creusée dans le roc. Les rayons du soleil y pénétraient par une petite fenêtre et, se réverbérant sur le miroir de l'eau, faisaient jouer sur les parois obscures mille reflets de lumière douce. Dans la transparence marine, on apercevait un lent ballet d'algues dorées et, parfois, vif et fugitif comme l'éclair, le scintillement d'un poisson d'argent.

Penchés au-dessus de la caverne, les trois amis contemplaient sans un mot la beauté magique de ce monde du silence.

— Nous avons dérangé la sirène et elle s'est enfuie, dit enfin Barbara que ce spectacle féerique rendait poète.

— Je vais la retrouver et lui faire des excuses, répondit Gary qui, s'étant dévêtu, plongea dans le faisceau de lumière et disparut sous la mer. Un instant plus tard, il réapparaissait à une dizaine de mètres au large de la falaise.

— Allez-y sans crainte, la sortie est toute proche ! hurla-t-il à l'adresse des deux jeunes gens, avant de descendre sous la surface de l'eau.

En un clin d'œil, Barbara se trouva prête et, excellente sportive, se jeta à son tour trois mètres plus bas dans les ondes limpides.

Adam, encore tout habillé, était resté au bord du trou et la regardait nager dans le rayon du soleil.

— Que vous êtes jolie ! lui cria-t-il soudain. Le son de sa voix frappa la muraille et se répercuta en un écho sonore, reproduisant à l'infini le compliment naïf et spontané qu'il venait de faire à Barbara. Parvint-il jusqu'aux oreilles de Gary, qui s'en allait en nageant loin vers le large ? La jeune fille ne put s'empêcher d'éprouver un sentiment d'abandon, en constatant qu'il ne participerait pas à leur joyeuse baignade.

Elle se sentit inquiète tout à coup dans ce mystérieux puits sous-marin. Et ce n'est que lorsque Adam l'eut rejointe et guidée vers la sortie qu'elle fut tranquillisée.

Ils pêchèrent des oursins au pied de la falaise. Adam ne la quittait pas, l'entraînant, dans des plongeons profonds, à la découverte des plus gros crustacés dont ils se régaleraient tout à l'heure, avec le pain bis offert par la vieille femme grecque.

Ralentis par la pesanteur de l'eau, leurs gestes devenaient caresses et Barbara ne pouvait s'empêcher d'être sensible au contact de la peau lisse et dorée du jeune homme, à la sécurisante fermeté de ses muscles, à la beauté de ce corps d'homme en pleine jeunesse, en pleine santé.

Leur bain se prolongea. Et lorsqu'ils rejoignirent la terre ferme, Gary les attendait, occupé à ouvrir les oursins.

— Je vous laisse dix minutes pour vous sécher, juste le temps qu'il me faudra pour préparer le festin, leur dit-il.

S'allongeant contre la pierre brûlante, Barbara ferma les yeux. Elle se sentait gagnée d'une douce torpeur, une sensualité nouvelle l'envahissait. Et le soleil qui brûlait sa peau n'en était pas le seul responsable, elle devait bien se l'avouer ! Le plaisir de ses jeux nautiques avec Adam lui revenait à l'esprit. Et elle en était troublée.

Gênée et mécontente du réveil de ses sens qu'elle s'était promis d'oublier pour un temps, elle se releva brusquement et s'approcha des deux hommes. Le regard de Gary qui, l'espace d'une seconde, la fixa droit dans les yeux n'apporta guère de remède à son malaise.

Mais le commentaire paternel et amusé qu'il fit aussitôt sur la peau encore trop pâle de son corps et de celui d'Adam la tranquillisa :

— Vous avez une semaine pour devenir aussi bronzés que moi et faire disparaître ce teint blanc d'enfants des villes !

Tous trois se jetèrent en riant sur les larges tartines de pain garnies de la chair tendre et orangée qui se cachait sous la cuirasse menaçante des crustacés.

Le vin résiné tournait légèrement la tête de Barbara, peu habituée à boire de l'alcool en plein après-midi. Mais la longue promenade qu'ils firent après le pique-nique la dégrisa peu à peu.

Gary marchait en avant, et il sembla à la jeune fille qu'il s'écartait volontairement d'elle. Sa chaleureuse courtoisie se teintait d'une réserve qui n'avait pas échappé à Barbara.

« Lui déplaît-il que son fils me fasse la cour ? » se demanda-t-elle.

Elle s'interrogeait toujours, lorsque Gary découvrit un autre trésor. Un figuier, ployé sous le poids de ses fruits, leur offrait un nouveau régal. Il détacha délicatement une figue lourde et juteuse et la posa dans le creux de la main de la jeune fille. Son geste avait quelque chose de solennel, et c'est avec délicatesse que Barbara déchira la peau vernissée.

La chair, tendre et sucrée, jaillit du cœur du fruit, et les lèvres de Barbara aspirèrent doucement le miel écarlate. Elle prit soudain conscience des yeux brûlants de Gary posés sur sa bouche encore luisante de sève et... brusquement, avec un étrange mouvement de gêne, jeta au loin l'enveloppe vide de la figue.

Un poinçon violent venait de brûler le creux de sa poitrine. Elle n'avait plus ni faim, ni soif, ni envie de continuer cette promenade. Elle se sentait comme foudroyée.

Par bonheur, Adam vint à son aide. Gourmand de tous les plaisirs, il était monté à l'arbre et lui criait :

— Venez vite, Barbara, tendez votre foulard, nous allons faire une belle récolte.

Elle lui répondit par un sourire timide et s'approcha, ouvrant son écharpe à la pluie de fruits que faisait tomber le jeune homme. Mais les mots que Gary venait de lui souffler ne lui échappèrent pas :

— N'ayez pas peur de vous-même, petite fille !

La visite du modeste village acheva agréablement la journée. Les ruelles pittoresques s'animaient à la tombée du jour d'une ambiance de fête. Tout le monde papotait et profitait du frais après la chaleur de l'après-midi.

Les trois amis visitèrent les nombreux sanctuaires, minuscules mais émouvants, qui faisaient la célébrité de l'île si souvent nommée, sans que l'on ait pu vérifier si le compte était bon : l' « île aux trois cents chapelles ».

Ils restèrent à terre jusqu'au soir et, confortablement installés sous la tonnelle verdoyante d'un petit café, ils admirèrent le coucher du soleil en dégustant de l'Ouzo, l'anisette grecque dans laquelle Barbara trempa à peine ses lèvres après ses excès de la journée. Malgré la douceur du soir et l'humeur sereine de ses compagnons, elle ressentait un léger malaise au fond d'elle-même. Ses rapports avec les deux hommes n'étaient pas si clairs ; Adam avait un penchant pour elle, sans aucun doute, et cela la touchait. En revanche, elle ne comprenait pas du tout le comportement ambigu de Gary, ni le charme indéfinissable qu'il exerçait sur elle.

— Vous n'allez pas nous abandonner pour le dîner, Barbara, supplia Adam. Pas après une si belle journée !

— Je dîne dans ma chambre, intervint Gary, j'ai un dossier urgent à écrire. Ne le laissez pas seul, Barbara. Il vous l'a dit lui-même le premier jour, les vieilles Anglaises le terrifient !

Son absence, et la perspective d'un tête-à-tête avec Adam, la fit réfléchir un instant mais, finalement, elle accepta l'invitation.

Le jeune homme se montra charmant et ce dîner partagé lui sembla si agréable après son isolement de la veille qu'elle ne le regretta nullement, bien au contraire.

Le café allait être servi lorsque Gary vint les retrouver.

— Que diriez-vous d'une escapade à terre ? Je connais une caverne pittoresque où l'on peut voir danser les plus beaux sirtakis.

— Pourquoi pas ! s'exclama joyeusement Barbara

39

qui avait décidé de profiter au maximum de cette journée et de remettre au lendemain tous ses projets de dessins.

Mais, curieusement, Adam s'était rembruni.

— Excuse-moi, papa, mais je me sens vraiment très fatigué ce soir ; cette longue promenade m'a épuisé. Pourquoi ne pas remettre cette sortie à la prochaine escale ? A moins que Barbara ne tienne à sortir, évidemment...

Déçue, mais essayant de n'en rien laisser paraître, la jeune fille fut contrainte de prendre le parti d'Adam. De quoi aurait-elle eu l'air, à vouloir à toute force passer la nuit dehors, elle qui, hier encore, se déclarait incapable de prendre un verre au bar. Aussi déclara-t-elle avec un demi-sourire :

— Je crois qu'Adam a raison. Je préfère moi aussi que nous remettions cette sortie. Je fais la fière, mais en réalité je crois que le marchand de sable ne va pas tarder à passer !

Gary sourit. Une fois de plus, ses yeux plongèrent droit dans ceux de Barbara. Cela ne dura qu'une seconde, mais elle sentit qu'il avait tout compris.

Il s'inclina et dit :

— Dommage. Qu'à cela ne tienne, le vieil insomniaque que je suis va être contraint de trouver d'autres compagnons de nuit. Sans doute miss Blank et son amie, ces deux jeunes femmes avec lesquelles nous avons déjeuné hier, accepteront-elles de me suivre dans mes folies.

Il prit la main de la jeune fille pour la baiser. « Décidément, se dit-elle à la fois gênée et charmée par ce geste d'élégance désuète, cet homme semble voué à me mettre mal à l'aise. » Elle crut lire dans son dernier regard comme un clin d'œil d'ironique déception..., mais se demanda s'il avait voulu se moquer d'elle ou lui signifier qu'il allait réellement regretter sa présence.

« Il faut absolument que je cesse de voir dans les faits et gestes de Gary autre chose que ce qu'ils sont, se reprocha-t-elle. Cet homme est poli, courtois, il a de bonnes manières et un point c'est tout ! Je me fais des illusions en imaginant qu'il s'intéresse à moi plus qu'à une autre passagère. D'ailleurs, la belle miss Blank correspond beaucoup mieux au genre de femme qu'il peut fréquenter ! »

— Qu'avez-vous, Barbara ? Vous semblez contrariée, lui dit alors Adam.

— Rien du tout. Juste cette fatigue dont nous parlions à l'instant et qui, chez moi, commence vivement à se faire sentir.

— Vraiment ? Moi qui avait l'intention de vous entraîner boire un dernier verre au piano-bar...

— Ah ! ça non, répondit Barbara d'un air grondeur. Au lit, jeune homme ! Vous venez de dire que vous étiez épuisé, n'est-ce pas pour cela que nous avons refusé l'invitation de votre père ?

Adam était intelligent. Il comprit tout de suite que son stratagème pour garder la jeune fille à lui tout seul avait été percé à jour. Il répondit avec une sincérité attendrissante :

— Vous me punissez de ma jalousie, Barbara. C'est vrai, j'ai menti pour pouvoir rester seul avec vous. Mon père séduit toutes mes petites amies... Ne riez pas, ça s'est déjà produit... Voilà pourquoi j'ai voulu vous soustraire à son charme redoutable !

— Ne dites pas de bêtises, répliqua-t-elle en riant. Mon cœur n'est pas à prendre, je vous en préviens dès à présent.

— Laissez-moi au moins tenter ma chance !

De retour dans sa cabine, la jeune fille mit un certain temps avant de s'endormir.

Adam l'émouvait. Elle se sentait attirée vers lui par un étrange penchant, à la fois sensuel et maternel. Elle s'était surprise, à plusieurs reprises au cours de la journée, à avoir envie de le prendre dans ses bras, de caresser sa tête bouclée. Et lorsque leurs deux corps s'étaient maladroitement rencontrés dans l'eau, au cours du bain, elle avait pensé à l'amour qu'elle n'avait jamais fait, bien que son fiancé ait souvent essayé de l'entraîner dans des étreintes audacieuses.

Mais ce qui la tourmentait, c'est que Gary, lui non plus, ne lui était pas insensible. La manière dont il l'avait regardée lorsqu'elle mangeait la figue, son baisemain de ce soir et l'étrange dépit qu'elle avait ressenti en le voyant sortir avec Elsa Blank restaient gravés dans son esprit avec insistance...

« Allons, Barbara, reprends-toi ! se dit-elle en se forçant à l'humour pour éviter d'analyser plus profondément son trouble. Tu n'es tout de même pas une messaline qui veut tous les hommes à ses pieds ! »

Là-dessus, elle se donna l'ordre impératif de ne plus penser au père et au fils autrement qu'en amis. Et elle alla se coucher sur-le-champ.

4

Elle fut réveillée en sursaut par un coup de téléphone. Elle consulta à grand-peine son réveil avant de décrocher. Il était 5 h 30 du matin.

— Barbara... Barbara, c'est Adam. Pardonnez-moi de vous déranger si tôt, mais le soleil qui se lève sur la mer est tellement magnifique que je n'ai pu m'empêcher de vous appeler. Je suis sur le pont, rejoignez-moi vite. C'est si beau, jamais vous n'avez vu une chose pareille !

Devant l'ardeur passionnée du jeune homme, Barbara pardonna ce réveil prématuré.

Vu d'un bateau, le lever du jour devait effectivement offrir un spectacle unique, et, ravie, elle se leva en hâte pour le rejoindre.

Elle était ravissante en jean et tee-shirt, un pull marin noué sur les épaules. Avec son visage nu, sans le moindre maquillage, ses longs cheveux sur le dos, on l'aurait presque prise pour la jeune sœur d'Adam.

— Vous êtes chaque jour plus belle, lui dit celui-ci en l'accueillant sur le pont.

Il se pencha spontanément pour l'embrasser mais se reprit maladroitement et lui serra la main en guise de bonjour.

— Nous pouvons peut-être nous faire une bise, dit Barbara qui avait surpris son mouvement. Et elle se leva sur la pointe des pieds pour déposer un baiser fraternel sur les joues fraîches et lisses du jeune homme.

Du coup, ils en avaient un peu oublié le lever du soleil...

— Venez voir par ici, lui lança Adam en la prenant par le bras pour l'entraîner vers le pont avant.

La vision était sublime. Une lumière incandescente, dans un dégradé de pourpre et d'orange, donnait à l'horizon un air d'apocalypse. La mer, elle-même, avait pris les tons du feu et semblait s'unir au ciel dans un brasier ardent.

Fascinés par la splendeur du jour naissant, par ce miracle de la nature éternellement recommencé, les deux jeunes gens se tenaient côte à côte, muets, graves, émus.

Après un long silence, Adam se tourna soudain vers Barbara. Son visage était bouleversé... Dans un élan immaîtrisé, il attira la jeune fille dans ses bras et chercha passionnément ses lèvres.

— Adam, Adam ! non, je vous en prie... Nous nous connaissons à peine... Ce serait une folie, protesta Barbara, prise de court par la violence de son geste.

— Je vous aime, Barbara.

— Vous vous trompez. C'est impossible. L'amour ne naît pas en deux jours. Réfléchissez. Il y a tant d'autres jeunes filles sur ce bateau. Je suis trop vieille pour vous. Je suis de trois ans votre aînée. Soyons amis, je vous aime beaucoup moi aussi et...

Il ne lui laissa pas le temps de terminer sa phrase. Se détachant d'elle d'un geste vif, il s'enfuit en courant.

44

Abasourdie, Barbara resta immobile à l'avant du bateau, les bras ballants, ne sachant que faire.

Pourquoi Adam avait-il réagi si brutalement ? Il était jeune, entier et enflammé, sa déclaration d'amour en était la preuve. Mais comment n'avait-il pas compris, trois jours à peine après avoir fait sa connaissance, qu'elle ne pouvait céder aussi aveuglément à ses baisers ?

« Ai-je été trop brutale pour le repousser ? Ai-je manqué de nuances, de gentillesse ? » se demanda-t-elle.

Adam était une nature sensible, cela se voyait sur les traits de son visage. Peut-être l'avait-elle vraiment blessé par un mot, un geste, une expression par trop catégorique. Elle ne se souvenait plus précisément ce qu'elle lui avait dit, mais elle savait fort bien, au contraire, qu'elle avait dit « non » sous l'impulsion d'une force inconsciente qu'à présent elle analysait mal.

Après tout, pourquoi l'avait-elle repoussé ? Elle se sentait attirée, elle aussi, par son jeune corps vigoureux, ses lèvres sensuelles, sa beauté physique, et plus encore par la gentillesse de son cœur simple, droit, généreux. Oui, elle devait se l'avouer, elle avait été sur le point, l'espace d'une seconde, de s'abandonner sur son épaule. Mais quelque chose d'impératif était venu l'arrêter.

Etait-ce sa raison qui lui avait laissé entrevoir le danger qu'il y avait à s'offrir si vite ? Ou était-ce un pressentiment qui lui dictait qu'Adam n'était pas fait pour elle ?

L'esprit torturé, elle éprouva le besoin de boire un thé chaud, sa boisson favorite. Peut-être se sentirait-elle moins démunie, moins égarée, lorsqu'elle ne serait plus à jeun.

Elle se dirigea d'un pas morne vers la salle du petit

déjeuner. Une table y était déjà occupée, en dépit de l'heure matinale. Elle n'eut pas de mal à deviner que l'homme qu'elle voyait de dos, en veston bleu marine, une écharpe de soie blanche autour du cou, n'était autre que le père d'Adam, Gary. Il se retourna au bruit de ses pas.

— Mes hommages, mademoiselle Delsey. Je vois, qu'une fois de plus, mon amour de la nuit et votre goût du petit matin nous font nous retrouver ! Accepteriez-vous de prendre votre breakfast en ma compagnie ?

Il se leva pour accueillir Barbara, qui ne sut comment refuser son invitation.

Pourtant, comme elle aurait aimé rester seule ! Et surtout ne pas le rencontrer, lui. Sa présence ne faisait qu'accentuer sa culpabilité envers Adam. Elle avait l'impression que, d'un instant à l'autre, Gary allait l'accuser d'avoir insidieusement séduit son fils.

« Reprends-toi, se dit-elle au bout d'un instant, paniquée par la gêne de plus en plus grande qu'elle sentait en elle. Du sang-froid, que diable ! »

Il ne pouvait pas se douter du sentiment que lui portait Adam, et encore moins de la scène qui venait de se passer entre eux ! Mais elle frissonna en regardant ses yeux, à la fois graves et rieurs, ses yeux qui semblaient avoir tout deviné...

— Que voulez-vous prendre ? Du thé ou du café ? Ou préférez-vous du chocolat ? Cela vous réchaufferait sans doute. Il fait frais encore et vous êtes bien peu couverte.

En la ramenant aux choses matérielles, Barbara sentit bien que Gary cherchait à la mettre à l'aise. Mais elle s'en trouva encore plus troublée. Comme si, en s'efforçant de se montrer léger, Gary voulait éviter d'aborder un autre sujet — celui précisément qui lui tenait à cœur : Adam.

46

Elle commanda un thé, des toasts avec du miel et attendit que Gary fasse la conversation.

— C'est sans doute le spectacle du lever du soleil qui vous a mise debout de si bonne heure ? lui demanda-t-il alors.

— Euh... Oui, bredouilla-t-elle, et elle faillit avaler de travers sa gorgée de thé.

L'avait-il vue avec Adam ?

— ... J'y ai moi-même assisté, poursuivit-il. J'étais sur le pont arrière dès 5 heures du matin. J'ai vu naître les premiers rayons de l'aube.

Elle eut un bref soulagement en l'entendant dire qu'il était à l'arrière du bateau. Mais, très vite, elle eut conscience qu'il avait dit cela pour ne pas la gêner. Pour ne pas lui avouer qu'il avait tout vu de son étreinte avec son fils.

Pourquoi serait-il allé sur le pont arrière alors que la plus belle vue se trouvait sur le pont avant ?

Elle devint écarlate.

Gary baissa discrètement les yeux sur sa tasse de café dans laquelle il tourna maladroitement sa cuillère. Puis comme le silence se faisait pesant, il demanda :

— Nous ferez-vous la joie de déjeuner avec nous aujourd'hui ?

Elle hésita, paralysée, incapable de trouver les phrases qu'il fallait pour refuser gentiment.

— Allons, laissez-vous tenter, insista Gary. C'est une si belle journée qui s'annonce. Vous ne feriez que broyer du noir, seule dans votre cabine.

— Eh bien, c'est d'accord, répondit-elle.

— Dans ce cas, Barbara, vous ne m'en voudrez pas de vous abandonner. Si je veux être un joyeux convive à midi, il faut que j'aille me reposer un peu.

Il se leva, s'inclina et la laissa seule.

Comme la perspective du déjeuner lui faisait

peur! Après ce qui s'était passé ce matin, elle redoutait la rancune que montrerait sans doute Adam à son égard et le regard de Gary qui en serait le témoin.

Enfin, c'est son attitude à elle qu'elle craignait plus que tout. Elle qui avait laissé ces deux hommes entrer dans sa vie sans savoir ce qu'elle attendait d'eux, sans savoir le sentiment exact qu'elle leur portait, sans savoir lequel elle préférait...

Lorsqu'elle se présenta au bar, Gary était installé seul à une table devant un cocktail au champagne.

— Adam n'est pas souffrant, j'espère, demanda-t-elle un peu inquiète.

— Si, justement, répondit Gary avec son habituel petit sourire en coin dont on se demandait toujours s'il se voulait ironique ou non. Il a la migraine et préfère se reposer... Il n'a pas tort. S'il veut être en forme pour le dîner de gala, ce soir, il a intérêt à faire provision de forces.

— Un dîner de gala? J'ignorais qu'une fête était prévue...

— Mais si, ma chère. Un dîner « à la russe » avec caviar, vodka et orchestre tsigane. Le capitaine nous fait même l'honneur de nous inviter à sa table. Et comme il est dans la tradition que le capitaine choisisse la plus belle femme pour ouvrir le premier bal de la croisière, il vous prie d'être sa cavalière.

Barbara rougit. Certes, elle avait l'habitude des compliments et y répondait en général avec modestie. Mais, en cet instant, elle resta muette, confuse, comme une adolescente à qui l'on dit pour la première fois qu'elle est jolie.

Ils déjeunèrent dehors, sur la magnifique terrasse aménagée sur le pont supérieur et d'où l'on dominait tout le navire. Gary proposa à la jeune fille de lui composer un menu typiquement grec, ce qu'elle accepta avec grand plaisir. Mais, durant tout le repas, délicieux au demeurant, elle ne cessa de penser à Adam qui, seul dans sa chambre, était malheureux par sa faute.

« Pourvu qu'il ne m'en veuille pas d'avoir déjeuné seule avec son père », se disait-elle.

Toutefois, ce n'était pas le seul motif de l'inquiétude qui n'avait cessé de la tenailler depuis le matin.

Un mystérieux sentiment, que sa raison ne parvenait pas à analyser, s'était emparé d'elle et allait croissant au fur et à mesure de son tête-à-tête avec Gary, plus charmant, brillant et spirituel qu'il ne l'avait jamais été.

Au dessert, elle se surprit à compter les années qui les séparaient. Quinze ans ! Très vite, elle chassa cette idée de son esprit. Mais quand Gary la quitta, après le café, pour aller travailler dans sa cabine, elle se trouva bien esseulée et, pour ne laisser voir à personne le désarroi qui alanguissait son corps et tourmentait son cœur, elle alla s'installer sur un transat solitaire à l'extrémité du bateau.

Bientôt, une pensée lui traversa l'esprit :

« Où était et qui était la femme de Gary, la mère d'Adam ? Jusqu'à présent, elle n'avait jamais songé à son existence. Comme s'il lui semblait une évidence qu'elle ne faisait plus partie de la vie des deux hommes. Son instinct le lui dictait. Et pourtant, peut-être la trompait-il ? »

En tout cas, Gary avait dû beaucoup aimer cette femme puisqu'il l'avait épousée et lui avait fait un enfant à dix-huit ans...

Cette réflexion lui fit prendre conscience qu'au fond elle ne savait toujours rien de précis de la vie de ses deux nouveaux amis.

Dans l'univers clos du paquebot, un peu hors du

temps et du mouvement de la vie, ils lui étaient devenus très proches, alors que leur passé, leurs projets d'avenir, ce qu'ils étaient, faisaient et désiraient lui étaient totalement inconnus.

Cette constatation procura à Barbara un curieux vertige, une légère angoisse.

« Il faudrait tout de même que nous nous connaissions mieux, si nous voulons que cette amitié se poursuive », se dit-elle.

« Amitié. » Ce mot fit trébucher ses pensées. Etait-ce bien cela, en effet, qu'il y avait entre eux ? Non. Elle se devait d'être lucide. Un charme mystérieux, un désir troublant l'attirait vers ces deux hommes, si différents et pourtant si séduisants chacun à leur manière.

Vis-à-vis d'Adam, certes, elle éprouvait un sentiment qui ressemblait à l'amitié, et si parfois ses sens s'étaient émus à son contact, elle avait su les faire taire sans difficulté. Elle ne pouvait tout de même pas éprouver de l'amour pour un si jeune homme ! Elle se sentait tellement plus mûre que lui. Elle avait eu des responsabilités auprès de sa mère malade, des devoirs, des soucis qu'Adam, bien évidemment, avait toujours ignorés. Elle connaissait les difficultés de la vie, ses misères, alors qu'il en avait été préservé. Cela se voyait. Gary était riche. Sans doute très riche. Son fils n'avait jamais connu le besoin. Gary...

Elle se remit à penser à lui.

Il était le type même de l'homme accompli, beau, séduisant, bien dans sa peau, sûr de lui, de sa situation, de sa fortune, de son pouvoir auprès des femmes...

N'avait-il pas parlé de la belle Elsa Blank, hier au soir, comme si elle lui était déjà acquise ?

Il ne devait pas avoir à déployer trop d'efforts

pour faire des conquêtes, se dit-elle, sans prendre garde aux chemins indiscrets que suivait son esprit.

Avec sa fine moustache, son œil ironique, il lui faisait un peu penser à Clark Gable, ce merveilleux acteur américain dont elle avait été amoureuse, fillette, après que son père l'eut emmenée voir *Autant en emporte le vent.*

Clark Gable, oui, en plus jeune, plus moderne, plus charnel !

Et, soudain, une vision brûlante lui traversa l'esprit : elle se représenta nue dans les bras de Gary, sur un grand lit, en train de faire l'amour.

Barbara se leva brusquement de sa chaise longue, ajusta ses lunettes de soleil et se dirigea d'un pas rapide vers sa cabine.

Elle était moite de confusion, de honte. Comment avait-elle pu se laisser aller à des pensées aussi malsaines, indignes du respect et des égards que les deux hommes avaient eus pour elle dès le premier jour !

Elle prit une douche et pleura sous le jet glacé, car l'obsédante image des caresses de Gary ne parvenait pas totalement à s'effacer.

« Maman, murmura-t-elle comme une enfant. Maman, pourquoi es-tu partie ? Pourquoi suis-je seule à affronter ces problèmes de femme ? »

Elle repensa à ses parents, à leur amour, leur merveilleuse entente. Ils formaient un couple admirable, trop vite séparé par la mort. Madame Delsey ne s'était jamais remise du décès de son mari et était restée plongée dans son chagrin sans s'apercevoir que Barbara grandissait. Quand elle était devenue jeune fille, Barbara aurait aimé pouvoir se confier à elle, lui demander conseil sur les problèmes de sa sensualité naissante. Mais elle avait dû se débrouiller toute seule avec ses premiers émois amoureux. Et, aujourd'hui, elle ressentait cruellement son incapacité à maîtriser ses sens, à considérer avec plus d'insouciance cette étreinte imaginaire avec Gary qui n'était, au fond, qu'un de ces phantasmes dont sont parfois victimes les personnes les plus équilibrées.

Elle avait vingt-trois ans, et il n'y avait rien d'anormal à ce qu'elle songe à la sexualité. Le contraire même aurait été inquiétant.

Oui, elle donnait trop d'ampleur à cette bêtise qui n'avait rien à voir avec le véritable désir qu'on peut ressentir pour un être aimé.

Néanmoins, elle s'efforça de penser à autre chose. Et, pour ce faire, elle s'installa devant son joli bureau de bois précieux. Elle prit du papier blanc, un fusain et se mit à exécuter quelques croquis de mode. Elle se sentait inspirée et son travail l'absorba deux bonnes heures. Après quoi, elle contempla sa tâche.

Elle avait esquissé huit modèles. En les observant avec du recul, elle constata qu'ils ne ressemblaient en rien aux autres toilettes qu'elle avait l'habitude de créer. Les robes qui s'étaient dessinées sous ses doigts avaient quelque chose d'audacieux. Sans être indécentes, elles révélaient le corps de la femme, modelaient ses formes, lui donnaient un charme et une séduction extrêmement sensuels.

Elle sortit de son carton à dessins quelques-uns de ses anciens croquis. Pleins d'élégance, certes, ils avaient cependant quelque chose de timide, de réservé, de contenu. Ils étaient faits à l'image d'une femme qui... — oui, Barbara fut obligée de le reconnaître — qui ne cherche pas à séduire.

Ceux qu'elle venait de tracer, au contraire, appelaient l'amour, le regard de l'homme.

Pas de décolletés ni de formes arrogantes. Non,

cela aurait été trop facile, vulgaire aussi. Barbara semblait avoir compris, tout d'un coup, qu'il était plus troublant de suggérer, de laisser deviner et désirer. Aussi ses robes avaient-elles une coupe simple et classique. Toutes les femmes auraient pu les porter. Mais seules celles qui étaient amoureuses auraient envie de les choisir : mousselines pêche à la couleur de la chair, voiles tendres aux tons de pétales, dégradés de pastels soyeux, crêpes souples à plis voluptueux, soulignant de leur parfait drapé le buste, les hanches, les épaules...

« Ce sont les robes que j'aimerais porter aujourd'hui », s'avoua Barbara dans un instant de lucidité.

Elle se leva et se regarda dans la glace. Elle portait une blouse blanche au col timide, un pantalon très bien coupé, mais qui lui donnait une silhouette de garçonnet. Sa queue de cheval la rajeunissait, elle qui en avait si peu besoin.

Elle dénoua ses cheveux qui tombèrent sur ses épaules en de lourdes vagues auburn. Elle dégrafa les premiers boutons de son chemisier et dénuda la naissance de sa superbe poitrine. Elle observa son corps, si souple, si ferme, si élancé...

Une vague de volupté vint mettre à ses tempes une moiteur troublante. Elle sentit un frisson courir sur sa peau, dessiner la forme de ses seins, glisser sur son ventre ferme, à peine arrondi par une tendre féminité.

Se ressaisissant, elle ne voulut pas en assumer plus. Elle se jeta sur son lit, en larmes, mal à l'aise, comprenant difficilement ce qui lui arrivait.

« Je suis amoureuse, se dit-elle dans un éclair de lucidité. Oui, mais de qui ? »

5

En fin d'après-midi, on vint porter à Barbara une très fine orchidée rose.

« Serait-ce Adam qui veut me faire savoir qu'il n'est plus fâché ? » se demanda-t-elle avec espoir.

Non, c'était le capitaine de l'*Amphitryon* qui la priait, ainsi que Gary le lui avait dit, d'être sa cavalière, ce soir, au dîner et au bal qui s'ensuivrait.

Un peu déçue, elle se consola en se disant qu'elle aurait sans doute l'occasion de se réconcilier avec Adam au cours de la soirée, puisque — toujours selon Gary — le père et le fils étaient aussi invités à la table du premier maître à bord.

Elle revêtit une longue robe de crêpe blanc, drapée sur une épaule en une ligne pure qui révélait, dans son étonnante sobriété, l'absolue perfection de son corps. Elle releva ses cheveux en un chignon strict qui accentuait l'éclat de son visage et de ses grands yeux verts. Pour tout bijou, elle n'en avait pas d'autres, Barbara passa à l'annulaire de sa main droite l'unique mais splendide émeraude que lui avait léguée sa mère, Mme Delsey.

Et satisfaite de sa toilette, simple et sans ornements superflus, elle s'en alla vers la fête.

C'est Adam qui, le premier, vint à sa rencontre.

— Pardonnez mon mouvement de ce matin, Barbara, lui dit-il. J'ai réfléchi tout au long de la journée et compris pourquoi vous m'aviez repoussé. Vous m'avez pris pour un jeune chien fou, n'est-ce pas ? Je le reconnais, j'ai voulu brûler les étapes, mais, voyez-vous, dans mon cœur les choses sont si évidentes...

Il était très beau, ce soir, dans son smoking noir qui faisait ressortir encore la finesse de ses traits et de sa silhouette. Sa mélancolie lui donnait une gravité, une maturité soudaine, et la jeune fille en fut heureuse. Comme si tout ce qui pouvait vieillir Adam le rapprochait d'elle.

Il l'accompagna vers la table du capitaine et bien des têtes se retournèrent sur les deux jeunes gens qui faisaient paire dans la grâce et l'élégance.

Gary se trouvait au côté du capitaine, qui semblait être une de ses vieilles relations.

— Capitaine Andros, je vous présente Mlle Delsey. Selon moi la plus charmante de vos passagères, sourit-il en baissant la voix avec un clin d'œil complice, pour ne pas déplaire à d'autres éventuelles oreilles féminines.

— Je vois, cher Gary, que vous avez toujours l'art de découvrir les plus jolies femmes, répondit le capitaine. Mais, cette fois-ci, je ne vous ai pas attendu pour admirer la beauté de Mlle Delsey. Dès que je l'ai vue gravir la passerelle de mon navire l'autre jour à Athènes, j'ai su qu'elle ouvrirait le bal dans mes bras.

— Merci messieurs, dit Barbara. Souhaitons, capitaine, que je sache me montrer une cavalière à la hauteur. Je crains, hélas ! de ne pas être une excellente danseuse...

— Dans mes bras, mon petit, il vous suffira de vous laisser aller.

Ils rirent tous ensemble et se dirigèrent vers leur table très joliment décorée de guirlandes de fleurs et de rubans, à la mode folklorique russe. Des carafes de vodka emprisonnées dans des blocs de glace circulèrent bientôt et, tandis que l'orchestre attaquait les premiers accords de *la Danse du sabre,* le dîner fut servi dans la plus raffinée et la plus joyeuse des ambiances.

Barbara n'avait jamais vu une telle profusion de caviar et de poissons fumés de toutes sortes dressés sur de somptueux plateaux d'argent massif.

Des groupes de danseurs tsiganes virevoltèrent entre les tables sur un rythme endiablé, déroulant un tourbillon de joie et de gaieté dans l'assistance.

Puis ce fut le tour d'un violoniste qui vint rendre hommage aux plus jolies femmes en leur jouant de poignantes mélodies du répertoire slave. Placée à la droite du capitaine, qui se montrait fort galant homme malgré sa cinquantaine bien sonnée et son embonpoint naissant, Gary à sa gauche et Adam face à elle, Barbara se sentait la plus comblée des femmes.

Elle ne regrettait pas d'avoir renoncé à sa solitude et à sa morosité.

Adam avait retrouvé le sourire, et, même si la cour insistante que le capitaine Andros faisait à la jeune fille l'agaçait visiblement, il semblait avoir oublié l'incident du matin pour redevenir le garçon heureux et épanoui des premiers jours.

Barbara ouvrit le bal avec le capitaine, qui l'entraîna dans une valse folle.

Très vieille mode, Andros était cependant un excellent danseur. Heureusement pour la jeune fille, qui ignorait toutes les figures extravagantes qu'il lui faisait effectuer pour l'épater !

Elle se montra souriante jusqu'au bout, mais pria

le ciel qu'ensuite il la laissât tranquille. Par bonheur, un peu essoufflé, il s'excusa pour la seconde danse et l'abandonna à d'autres bras.

Dès lors, elle ne s'arrêta plus. Pas un des passagers en âge de danser ne manqua de l'inviter. Et lorsque au cours d'une pause elle se retrouva auprès de sa vieille amie, la romancière anglaise, celle-ci lui glissa malicieusement :

— Décidément, vous avez plus d'hommes à vos pieds que je n'ai jamais osé en mettre à mes héroïnes !

Barbara n'en gardait pas moins la tête froide. Et si elle avait dansé plusieurs slows dans les bras d'Adam, qui trépignait d'impatience chaque fois qu'un autre venait lui voler sa cavalière, elle avait bien remarqué que Gary, lui, restait un peu à l'écart. Il semblait ne pas participer à la liesse collective et était le seul à ne pas l'avoir invitée.

Assis à une table en compagnie d'Elsa Blank, il trempait négligemment ses lèvres dans sa coupe de champagne, courtois, mais apparemment peu intéressé par les paroles de sa belle compagne. Soucieux, préoccupé, on le sentait ailleurs.

« Peut-être a-t-il des soucis d'affaires ? » se dit Barbara, peu convaincue toutefois que cette hypothèse soit la bonne.

Adam lui avait-il avoué l'amour qu'il éprouvait pour elle ? Gary était-il contrarié que son fils se soit entiché d'une jeune fille dont il ne savait ni d'où elle venait ni qui elle était ? Nul moyen de le savoir ! Il valait donc mieux continuer à se distraire, ou du moins essayer, car à présent elle en avait un peu assez de tournoyer dans des bras d'étrangers, dont aucun, excepté Adam, n'était aussi intéressant et sympathique que Gary Wells.

La soirée se termina fort tard. En la raccompagnant jusqu'à la porte de sa cabine, Adam lui demanda :

— Barbara, croyez-vous qu'un jour, bientôt, vous pourrez m'aimer autant que je vous aime ?

— L'amour ne s'allume pas comme une allumette, Adam, lui répondit-elle, grave et émue par cette question naïve. Il lui faut du temps pour mûrir et s'affirmer. Soyez moins impatient.

Et, craignant de le voir se fâcher à nouveau, elle ajouta plus légèrement :

— Après tout, nous avons encore deux longues semaines pour faire la preuve de nos véritables sentiments.

Bien qu'il fût près de 3 heures du matin, Barbara, seule dans sa chambre, tardait à trouver le sommeil.

Enervée, grisée par la musique et la danse, sa pensée allait inlassablement d'Adam à Gary et de Gary à Adam.

Ce soir, c'était ce dernier qui s'était montré le plus charmant. Pourquoi fallait-il alors qu'à chaque slow passé entre ses bras elle eût cherché son père des yeux ?

Qu'attendait-elle au juste de Gary ? L'approbation de sa tendre amitié avec Adam, ou autre chose que sa raison n'osait pas même se formuler ?

Au bout d'un instant, n'y tenant plus, elle enfila un jean et une veste de laine et sortit se promener sur le pont. En passant devant la salle de bal désertée de sa brillante compagnie, elle se souvint qu'elle avait dû y oublier son écharpe de mousseline. Aussi se mit-elle à sa recherche à travers l'enfilade des salons obscurs. La découvrant enfin, elle allait s'en retourner lorsqu'elle se rendit compte qu'une petite salle, un peu à l'écart, était encore illuminée.

Curieuse, elle s'approcha. Depuis l'encoignure de la porte, elle aperçut un petit groupe de personnes réunies autour d'une table de roulette.

La simple vue des joueurs lui fit faire une grimace de dégoût. Le souvenir de son ex-fiancé lui revint à l'esprit avec une douloureuse amertume. Jean-François qui s'était détruit dans son vice, qui avait perdu toute loi, toute foi... Jean-François qui s'était endetté au-delà de tout rachat possible, dilapidant la fortune de ses parents, de ses amis, de ses collaborateurs de l'agence de publicité qu'il avait fondée !

Plus terrible que tout, elle revivait ce dernier soir passé à ses côtés où, ayant bu plus qu'il n'était permis, le jeune homme était allé jusqu'à l'offrir, elle, celle qu'il disait aimer, comme enjeu d'une partie de poker.

A cette évocation, la nausée monta jusqu'à ses lèvres. Des gouttes de sueur perlèrent à ses tempes. La répulsion, le mépris qu'elle croyait avoir oubliés venaient de se réanimer avec une violence à laquelle elle ne s'attendait plus.

... C'est alors qu'elle reconnut Gary parmi les joueurs.

Le chagrin, un chagrin violent fit place au dégoût. Des larmes pleins les yeux, elle courut jusqu'à sa chambre où elle s'effondra sur son lit, bouleversée.

Pas un instant la jeune fille n'avait eu l'idée que Gary puisse se distraire en toute honnêteté dans la petite salle de casino du bateau.

Sa sensibilité, exacerbée par la déchéance de son ex-fiancé, ne pouvait concevoir le jeu comme un simple plaisir. Elle n'y voyait qu'un vice malsain, dangereux, destructeur.

Couchée sur son lit, le visage tiré par des larmes de dépit et de colère, elle se reprochait d'avoir été séduite, l'espace de quelques jours, par la personnalité de Gary.

« C'est donc à cela qu'il passe ses nuits, pensait-elle, amère. C'était donc cela les " irremplaçables plaisirs de la nuit " dont il parlait. Comment ai-je pu croire un instant qu'il était différent, exceptionnel ? Moi qui l'imaginais intelligent, exerçant une profession passionnante ! Comme je m'étais trompée ! Son assurance, son élégance, c'est le jeu et l'argent factice qu'il en retire qui les lui donne. Oui, maintenant, j'y vois clair. Ses cigares, ses smokings, ses foulards de soie, tout cela c'est du cinéma destiné à bluffer ses partenaires de jeu. Pauvre de moi ! Par quelle malchance ai-je été abusée à deux reprises par des hommes qui ne vivent que d'illusion ! »

Puis, elle pensa à Adam.

« Connaissait-il la triste passion de son père ? Non, sans doute pas. Il était si pur, si sincère. »

Elle eut pitié de lui et une bouffée de tendresse à son égard lui vint au cœur.

« Pauvre Adam ! Il semblait avoir une telle admiration pour Gary. Devait-il être une victime, lui aussi, comme elle l'avait été. Je dois l'aider, se dit Barbara. Mais comment ? »

Elle n'allait tout de même pas lui raconter que son père, toutes les nuits, sous prétexte d'insomnies, dépensait son argent en jetons de plastique destinés à finir, à plus ou moins longue échéance, dans la caisse des croupiers.

« Et s'il était son complice ? » Sous le coup de l'énervement, les doutes les plus extravagants se mirent à défiler dans sa tête. Peut-être même Adam n'était-il pas le fils de Gary ? Elle avait entendu parler de ces aventuriers qui allaient par paire pour pouvoir se donner des alibis, pour pouvoir déjouer l'attention et les éventuels soupçons. Les joueurs étaient malins. Elle en savait quelque chose. Jean-François avait bien essayé de se servir d'elle auprès de ses créanciers !

« Peut-être les deux hommes étaient-ils sur ce bateau pour trouver une proie capable de leur fournir de l'argent pour jouer ? »

L'image d'Elsa Blank lui revint à l'esprit. Ne se souvenait-elle pas, à présent, avoir aperçu sa plantureuse silhouette au côté de Gary à la table de jeu.

Miss Blank — Barbara l'avait remarqué dès le premier jour — portait d'admirables bijoux, des bagues de toute beauté, des bracelets de pierres précieuses et, au bal tout à l'heure, une rivière de diamants époustouflante. Pour posséder de tels joyaux, elle devait être une riche héritière. N'était-ce pas la raison pour laquelle Gary essayait de la charmer depuis le départ de la croisière !

« ... Je divague. A force de me raconter les aventures de ses héroïnes, ma vieille romancière m'a déformé l'imagination », se dit-elle après avoir passé plus d'une heure à réfléchir à cette nouvelle hypothèse.

De toute façon, ce n'était pas ce soir dans son lit qu'elle résoudrait le problème. Et si les deux hommes étaient vraiment des escrocs, qu'importe ! Après tout, elle ne leur devait rien et était libre de les repousser quand bon lui semblerait.

L'important était de se tenir sur ses gardes. Et si, au fond de son cœur, elle pensait qu'Adam était innocent, elle était fermement décidée toutefois de ne plus être la dupe de Gary.

Durant les deux jours qui suivirent, Barbara resta enfermée dans sa chambre. Elle avait peur. Une peur mystérieuse et informulée, sans objet précis.

Une chose était sûre. Elle n'avait pas envie de se

trouver en face d'Adam et de Gary, bien qu'elle sache qu'à aucun moment ils ne pourraient lui faire de mal. Elle était absolument démunie d'argent. En admettant qu'ils soient de malfaisants aventuriers — ce que, en fin de compte, elle ne croyait pas vraiment —, ils ne trouveraient rien à prendre auprès de Barbara Delsey, orpheline, sans nom et sans le sou.

Non, en y réfléchissant bien, c'était d'elle-même qu'elle avait peur. Elle redoutait les sentiments incontrôlés qui venaient droit de son cœur et de son corps, sans passer par sa raison.

Dès le premier jour, le père et le fils Wells l'avaient troublée au plus profond. Et, contre ce chamboulement de tout son être, sa volonté, son contrôle d'elle-même étaient restés impuissants. Pour eux, elle avait abdiqué en vingt-quatre heures son profond besoin de solitude. Pour eux, elle avait presque oublié son deuil, oublié l'envie de se recueillir. Elle avait renoncé à ses projets de travail sérieux et méthodique... Aussi se demandait-elle, aujourd'hui, si elle serait capable de résister à leur charme, même s'ils n'étaient pas honnêtes.

Adam lui téléphona à plusieurs reprises. Elle répondit qu'elle était souffrante.

Devant son inquiétude sincère, au matin du troisième jour, elle céda. Elle accepta de prendre le petit déjeuner en sa compagnie. Elle fixa le rendez-vous assez tardivement dans la matinée pour être sûre qu'en cette heure Gary serait allé dormir après une nouvelle nuit de plaisirs et de jeux dangereux.

Adam l'attendait, tendu, malheureux, ses grands yeux clairs ne comprenant guère ce malaise subit dont elle se disait la victime.

— Avez-vous au moins consulté le médecin du bord ? Que dit-il ? Que vous a-t-il prescrit ?

Force fut à Barbara de reconnaître qu'elle n'avait pas appelé le docteur.

— Voyez-vous, Adam, depuis quelques mois je suis assez souvent victime de ce genre de malaise. Ce n'est rien, c'est nerveux. Cela passe tout seul avec du repos.

— Comment est-ce possible ! Vous êtes si belle, si jeune, comment croire que vous avez tendance à être déprimée. Etes-vous, au moins, suivie par un grand spécialiste des problèmes nerveux ? Sinon, je peux en parler à Gary, il connaît vraiment tous les grands pontes des Etats-Unis. Il pourrait sans doute vous aider.

Au seul nom de Gary, Barbara avait tressailli.

— Non, inutile Adam ! Voyez-vous, ma fatigue nerveuse a une raison précise. Je viens de perdre ma mère que j'aimais plus que tout au monde. A présent, je suis seule. Mon père est mort, lui aussi, lorsque j'avais dix ans. Fille unique, sans frère ni sœur, sans cousins non plus, je me trouve confrontée à une bien grande solitude affective. Cela explique tout. Et seul le repos, le temps et le soleil de cette croisière pourront me venir en aide. Voilà, je vous ai tout dit. Peut-être ne m'en voudrez-vous plus à présent de certaines de mes absences.

— Pardonnez-moi, Barbara. Si j'avais su, jamais je ne me serais montré si indiscret. Demandez-moi ce que vous voulez, je ferai tout pour vous aider, pour vous distraire, sans plus jamais vous parler d'amour si cela vous importune. Je sais ce que c'est, moi aussi, de se sentir abandonné par le destin...

Que voulait-il dire par là ?

Sur le moment, Barbara n'avait pas remarqué l'amertume de cette dernière petite phrase qu'il avait murmurée en baissant la voix. Elle se sentait si tendue, tellement sur ses gardes, qu'elle l'avait à peine entendue.

Et pourtant, en s'en souvenant une heure plus tard, elle regrettait de ne pas avoir interrogé Adam sur ce curieux abandon dont il parlait.

Bah ! sans doute n'était-ce pas bien grave. Il avait l'air si sain et équilibré que les petits malheurs dont il avait été victime ne devaient sans doute pas être très importants.

« A moins qu'il ne sache que son père est joueur ! se dit-elle soudain. A moins qu'il ne souffre de sa folle passion ? »

Comment le savoir ?

Elle n'allait tout de même pas le lui demander ! Si Adam ignorait tout, elle ne pouvait prendre le risque de lui apprendre une vérité qui le blesserait.

La seule solution était d'attendre. D'essayer de deviner au fil des jours le secret de ces deux hommes, s'il était vrai qu'ils en eussent un.

En attendant, Barbara avait l'intention de les fréquenter avec moins d'assiduité, de garder ses distances. Et, pour ce faire, la meilleure manière était de rester à l'écart des activités et des festivités de la croisière. D'ailleurs, elle était sur le point de mettre le point final à sa future collection de mode. Et il lui était d'autant moins difficile de passer son temps à travailler que nulle escale intéressante n'était prévue avant la fin de la semaine.

Elle tint bon pendant deux jours. Quarante-huit heures durant lesquelles elle prit tous ses repas chez elle, occupée à perfectionner ses modèles, à en choisir les couleurs et les accessoires.

Pour prendre l'air et se donner un peu d'exercice, elle allait faire du jogging sur le pont à l'heure où les passagers se trouvaient dans la salle à manger. Et le matin, avant leur réveil, elle allait, pour se distraire, regarder les vitrines des luxueuses boutiques du paquebot, où les plus grands bijoutiers, joailliers, parfumeurs du monde entier offraient leurs merveilles aux riches clients qui voyageaient sur l'*Amphitryon*.

Adam semblait souffrir de son absence, mais il la respectait. Le premier soir, il lui fit servir dans sa cabine, où elle prenait tous ses repas, une demi-bouteille de champagne avec ces simples mots :

« *Vous aviez commandé un coupe de champagne, le premier soir où je vous ai vue à Athènes. J'en déduis que ce vin joyeux de votre beau pays vous sera agréable. Je sais si peu de choses de vous. Aidez-moi à vous faire retrouver le sourire, à vous faire plaisir.* »

Le deuxième soir, c'est un bouquet de fleurs qu'il lui fit livrer. Oh, ce n'était pas de somptueuses roses, ni une de ces solennelles gerbes de glaïeuls qu'un admirateur choisit ordinairement pour flatter celle qu'il veut séduire. Non — et Barbara en fut profondément touchée —, il avait préféré un simple bouquet de fleurs des champs qui exprimaient sans doute mieux la fraîcheur, la jeunesse et la pureté de son sentiment envers la jeune fille.

C'est à ce moment-là qu'émue, reconquise, Barbara décida que c'en était assez de cet isolement ridicule et presque maladif auquel elle se contraignait.

Elle n'avait tout de même pas dépensé tout l'argent qui lui restait de ses parents pour rester enfermée dans sa cabine comme dans un coquille de noix banalement bercée au fil de l'eau. Une barque louée pour naviguer sur le lac du bois de Boulogne, à Paris, lui aurait fait le même emploi. Sa mère elle-même, Mme Delsey, si elle pouvait la voir de là où elle était, ne devait sans doute pas trouver son attitude très courageuse.

Car elle fuyait. Elle se repliait devant l'ennemi. Et quel ennemi ? Deux hommes qu'elle connaissait à peine et qu'elle ne reverrait sans doute plus jamais, lorsque cette croisière prendrait fin.

Si elle voulait vraiment se faire un nom dans le monde de la mode et de la couture, il lui faudrait sans doute affronter bientôt de plus terribles requins, déjouer des pièges autrement pernicieux que ceux que le pauvre Adam et son père pouvaient éventuellement lui tendre.

Oui, elle devait ressortir de sa tanière, affronter la vie et profiter des plaisirs qui lui étaient offerts.

Dans quinze jours, en reprenant l'avion pour la France, il serait bien temps de s'inquiéter, cette fois à juste raison, pour sa destinée future.

C'est ainsi que le lendemain, lorsque Adam Wells lui envoya un message pour la supplier de l'accompagner, lui et son père, au cours de l'escale à Hydra, Barbara répondit affirmativement.

Une fois encore, Gary, qui connaissait les moindres recoins de l'archipel grec, se promit d'être un guide original pour les deux néophytes qu'étaient Adam et Barbara. Il offrit notamment à la jeune fille de lui faire connaître un artisan tisserand qui, à ses dires, fabriquait des étoffes et des tapis de toute beauté.

Barbara s'en réjouit. Par vocation, elle aimait presque sensuellement le grain, les couleurs, l'odeur des tissus. Le simple fait de palper un bout de toile, de soie ou de lainage lui donnait aussitôt mille idées de créations nouvelles et inattendues.

Aussi, lorsqu'elle pénétra dans la modeste masure où Gary l'avait conduite, était-elle vraiment heureuse à l'idée de découvrir quelques nouveaux thèmes d'inspiration.

Ses espoirs ne furent pas déçus. La petite échoppe recelait de véritables trésors. Dans les tons beiges et roux, reproduisant des motifs naïfs, les tissages que fabriquait le vieil artisan étaient superbes.

Un tapis de lin que le marchand réservait pour un véritable amateur, et qu'il sortit pour la jeune fille du fond d'un tiroir, la fit pâlir d'envie.

Elle ne pouvait détacher ses yeux du fin ramage d'or que les doigts de l'artisan avait fait courir avec un art inné le long des fibres brutes et naturelles de son tissage.

Emue par ce travail magnifique, elle osa tout de même lui demander s'il était à vendre.

Gary traduisit.

— Oui, dit le vieil homme, mais cette pièce d'étoffe a exigé beaucoup de temps et j'en réclame un bon prix.

— Combien ? interrogea timidement Barbara, déjà résignée, sûre qu'elle ne pourrait pas l'acquérir.

— 1 000 francs, annonça Gary qui faisait l'interprète.

1 000 francs, c'était une grosse somme pour la bourse de Barbara qui était quasiment vide. Ses derniers sous étaient allés à la croisière et, à part quelques billets destinés à de menues dépenses, elle n'avait plus aucune disponibilité.

Aussi fut-elle obligée de décliner l'offre que lui faisait le marchand. Elle le regrettait amèrement mais il n'y avait rien à faire, elle ne pouvait pas payer.

Gary et Adam la regardaient avec étonnement. Le prix proposé n'avait rien d'exorbitant par rapport à la beauté de l'étoffe. Ainsi comprenaient-ils mal qu'après s'être montrée extasiée, Barbara refusât si catégoriquement de l'acheter.

Plus que son refus, c'était la manière soudaine, inattendue dont elle s'était désintéressée de l'affaire qui les avaient surpris.

Gênée par son dénuement, elle avait essayé de le cacher en feignant de regarder d'autres babioles sans valeur. En jouant l'indifférente !

Mais ses deux amis n'étaient pas dupes. Ils avaient bien lu dans ses yeux le coup de foudre qu'elle avait eu pour le fin tissage et ils restaient muets, déroutés, ne comprenant rien à l'attitude de la jeune femme qui brûlait à présent de quitter cette échoppe trop douloureusement tentante.

« Comment auraient-ils pu comprendre ? Les Wells étaient riches. 1 000 francs devaient leur apparaître comme une ridicule bagatelle », se disait Barbara.

— Réfléchissez encore, insista maladroitement Adam, à cent lieues de se douter de sa triste condition. Cette pièce est une merveille. Vous ferez une affaire, n'est-ce pas Gary ?

— Absolument. Je suis sûr qu'à Paris elle vaudrait quatre ou cinq fois plus. Mais c'est une comparaison inutile, cette étoffe est exceptionnelle et on ne la trouverait sans doute nulle part ailleurs qu'ici. Oui, Barbara, je suis de l'avis d'Adam, si elle vous plaît, l'occasion est unique.

Rarement la jeune fille avait connu situation plus embarrassante. En plein désarroi, elle n'osait avouer qu'elle était pauvre et ne savait comment garder la face devant ses deux riches compagnons.

Elle se méprisait tout d'un coup d'avoir voulu, le temps de cette croisière, vivre au-dessus de ses moyens. Pire encore, elle se sentait coupable vis-à-vis des deux hommes qu'elle avait trompés, en quelque sorte, en leur laissant croire qu'elle faisait partie de leur milieu, de ces gens aisés qu'ils fréquentaient habituellement.

Du coup, elle ne songeait même plus au « vice » de Gary. Elle ne se demandait plus si c'était à une table de jeu qu'il gagnait sa fortune. Elle ne savait plus rien qu'une chose : elle était pauvre, ils étaient riches. Et cette différence humiliante allait fausser à tout jamais leurs relations.

Des larmes vinrent à ses yeux. Elle avait honte. Honte d'elle-même qui s'était faite, comme la Grenouille de La Fontaine, plus grosse que le Bœuf. Honte d'avoir mis Adam et Gary dans la situation embarrassante où ils se retrouvaient actuellement. Honte, enfin, envers ses parents défunts, auxquels elle avait eu envie, l'espace d'un instant, de reprocher leur dénuement.

— ... Mais qu'avez-vous, Barbara ? dit alors Adam. Vous êtes toute pâle.

— Je... Je ne me sens pas bien, effectivement, murmura Barbara, à bout de ressources.

C'est alors que son regard rencontra celui de Gary.

Elle se sentait si diminuée à ses yeux qu'elle ne perçut pas le message muet qu'il lui adressait. Mais elle devina qu'il avait tout compris lorsqu'il déclara avec autorité :

— Sans doute est-ce la chaleur qui incommode notre amie. Adam, je t'en prie, accompagne-la au-dehors. Fais-lui boire de l'eau fraîche. Il fait si chaud cet après-midi que nous sommes tous mal à l'aise. Je me charge de faire comprendre au marchand que l'affaire ne nous intéresse pas.

Le jeune homme l'amena vers une fontaine, y trempa son mouchoir blanc pour faire une compresse à son front douloureux. Mais il ne parvenait pas à la réconforter. Comme la raison du trouble de Barbara lui échappait totalement, il accumulait les maladresses, malgré sa bonne volonté.

Barbara le suivit cependant docilement à la terrasse du café où il lui fit servir une infusion de thym... celle que sa mère lui donnait quand il était petit et qu'il ne trouvait pas le sommeil, lui expliqua-t-il avec gentillesse.

Barbara se laissa guider, incapable de faire preuve de la moindre initiative. Elle se sentait anéantie.

Son bel orgueil, son ambition, la confiance en elle-même, qu'elle avait cru retrouver en ce début de croisière, étaient soudain mis en question par cet épisode humiliant qui la remettait à sa place parmi le commun des mortels. Elle avait l'impression d'avoir replongé corps et âme dans la dépression qui l'avait frappée lorsqu'elle s'était retrouvée seule au monde.

C'est dans ce triste état d'esprit qu'elle embarqua dans la chaloupe qui devait la ramener d'Hydra à l'*Amphitryon*, ancré à quelques milles de la côte.

Adam l'avait confiée à un vieil Américain, qui retournait à bord, en lui disant :

— Cette demoiselle a eu un malaise. Pouvez-vous la surveiller jusqu'au bateau et la conduire à l'infirmerie dès que vous aurez accosté.

« Je suis obligé, hélas ! de rejoindre mon père, expliqua-t-il à Barbara pour excuser son abandon. Nous avons un rendez-vous important dans l'île ce soir. Et même si cela me coûte de vous quitter, je suis vraiment obligé de m'y rendre. Peut-être vous en expliquerai-je la cause un peu plus tard. En attendant, soyez sage et prudente. Dès mon retour, je prendrai de vos nouvelles.

— Ne vous inquiétez pas, Adam, répondit-elle en souriant, heureuse d'être libérée de sa présence et de celle de son père. Je me sens tout à fait vaillante maintenant.

Ce n'était pas vrai, mais elle n'allait tout de même pas continuer à inquiéter ce pauvre Adam, à qui elle se reprochait d'avoir fait passer bien trop de mauvais moments avec ses sautes d'humeur des derniers jours.

Il était jeune, candide et sans problèmes, il avait droit à des vacances heureuses.

Sur le chemin du retour, l'Américain auquel le jeune homme l'avait confiée l'interrogea sur ses relations avec les Wells.

— Faites-vous de la politique, vous aussi ? lui demanda-t-il.

— De la politique ? Pas le moins du monde, monsieur ! Pourquoi me posez-vous cette question ?

— Comment, vous ignorez le rôle de Gary Wells dans la diplomatie américaine ?... Depuis trois générations, les Wells sont des politiciens d'envergure ! L'arrière-grand-père, John, puis le grand-père du jeune Adam, Jack, se sont mondialement illustrés par leurs grandes idées libertaires et pacifistes. Quant à Gary, il est, aujourd'hui, un des conseillers les plus écoutés de la Maison-Blanche. On parle de lui dans tous les journaux !

« Jack Wells, son fils Gary Wells... » A présent, Barbara se souvenait des nombreux articles qu'elle avait lus dans la presse ! Gary était bel et bien l'héritier de la dynastie des Wells, si célèbres dans le monde entier pour leur étonnante habileté à faire se réconcilier les chefs d'Etat de pays ennemis.

« Comment ne l'ai-je pas réalisé plus tôt ! se dit-elle. Quelle sotte j'ai été, au lieu de ne penser toujours qu'à mes propres problèmes, j'aurais mieux fait d'ouvrir les yeux sur le monde. Quand je pense que j'ai failli croire que l'un des personnages les plus influents d'Amérique n'était qu'un joueur invétéré, un aventurier, presque un escroc ! »

Cette méprise, s'ajoutant à son humiliation de l'après-midi, la replongea dans son vieux complexe d'infériorité. Et, dans un accès de désespoir, elle décida d'interrompre sa croisière.

Oui, sa résolution était prise, elle allait descendre à la première escale. Elle allait disparaître et, d'ici à quelques heures, ni Adam ni Gary, dont elle ne méritait pas l'estime, ne se souviendraient plus d'elle.

De retour à bord, elle se dirigea droit vers sa cabine pour prendre les premières dispositions concernant son prochain débarquement.

Elle venait juste de poser son sac lorsqu'elle entendit frapper à sa porte. C'était un des jeunes coursiers du paquebot, chargé d'un paquet à son intention.

Un mystérieux espoir s'empara d'elle, comme si elle pressentait que ce présent pouvait peut-être la faire revenir sur sa décision de partir. Une décision qui, au fond d'elle-même, lui faisait bien mal au cœur...

Elle ouvrit le colis rustique, entouré d'une simple ficelle de corde. Il contenait le magnifique tapis qu'elle avait tant admiré cet après-midi.

Un petit mot l'accompagnait. Ces deux simples phrases :

« ...*Non, ne refusez pas !*
Au nom de la vive amitié qu'Adam et moi nous vous portons. GARY. »

Barbara était touchée, très touchée. Dans la détresse où elle se trouvait, cette attention l'émouvait au point qu'elle se mit à pleurer.

« Pourquoi suis-je si compliquée, si tourmentée ? se dit-elle. Pourquoi m'enfuir alors qu'Adam et Gary m'offrent une amitié sincère ? »

Hélas ! elle avait bien compris, ces jours derniers, qu'elle ne pouvait éprouver pour les deux hommes ce sentiment simple et fraternel qui lui aurait facilité la vie. Elle aurait souhaité de toutes ses forces les traiter en amis mais elle ne pouvait pas. Des forces inconnues de son être lui faisaient éprouver envers eux deux des pulsions plus troublantes, plus ambiguës.

Cela dit, Adam lui avait offert son amour... Et voilà qu'aujourd'hui Gary parlait d'amitié en son nom.

Or, il n'ignorait plus qu'Adam était amoureux d'elle. Etait-ce de cela qu'il avait à parler cet après-midi lorsque le jeune homme l'avait quittée au départ de la chaloupe ?

Gary lui avait-il fait comprendre, alors, que Barbara n'était pas une fille pour lui ? Qu'elle pouvait être une bonne amie, mais pas une future épouse pour un fils de diplomate !

C'était toutes ces réflexions qui la tourmentaient et qui lui faisaient comprendre qu'il était temps de jouer franc jeu.

Au lieu de fuir, de biaiser, d'éluder comme elle l'avait fait dès le premier jour avec Adam et Gary, elle se devait, à présent, d'abattre les cartes. C'était à ce prix seulement qu'elle pourrait continuer cette croisière et en profiter pleinement, sans remords ni tourments.

Oui, il fallait mettre les choses au point avec ces deux hommes qui étaient insidieusement entrés dans son univers.

Et, en premier lieu, il fallait leur avouer la vérité sur sa situation, son manque de fortune. Même s'ils s'en doutaient, aujourd'hui, c'était la seule façon de clarifier la situation et de poser les bases de nouvelles relations.

« Même si cela les écarte de moi, se dit-elle, c'est le seul moyen d'être en paix avec ma conscience. Et, au fond, s'ils m'ont vraiment appréciée jusqu'à ce jour, ce n'est pas parce que je suis pauvre qu'ils changeront d'opinion. Sinon, j'aurais la preuve qu'ils ne sont pas intéressants et ne méritent pas d'occuper si fort mes pensées ! »

Le lendemain matin, Barbara fit savoir à Adam qu'elle souhaitait lui parler. Ils se retrouvèrent sur deux chaises longues solitaires à l'arrière du bateau.

Là, elle lui raconta tout ce qu'avait été son passé. Son père, un érudit qui, toute sa vie, avait décrypté des textes de l'Antiquité grecque et romaine et qui, malgré sa chaire de professeur à la Sorbonne, n'avait jamais pu mettre d'argent de côté. Elle lui parla aussi de sa mère, une femme douce, professeur elle aussi. Elle enseignait le dessin, et c'est elle qui avait inculqué à Barbara l'art des lignes et des formes. Hélas ! ils étaient morts tous deux. Et leur héritage, expliqua Barbara à Adam, était le plus beau de tous : un amour des livres, de l'art, du métier bien accompli, du respect de l'histoire, des belles choses. Mais il ne s'accompagnait d'aucune fortune.

— Le résumé de tout cela, Adam, lui dit-elle alors, c'est que je suis sans le sou, pauvre à tel point qu'après cette croisière, si je ne trouve pas de travail sur-le-champ, je me demande comment je pourrai subsister.

Le jeune homme souriait :

— Qu'importe, Barbara ! lui lança-t-il. Est-ce donc pour ce manque d'argent que vous vous tourmentez depuis quelques jours ? Vous avez une bien piètre opinion de mes sentiments si vous pensez que votre détresse financière peut m'éloigner de vous. Je vous aime, je vous le répète. Je ne pense qu'à vous. Depuis le début de ce voyage, vous êtes la seule à égayer ma vie, à me donner de l'ardeur, de l'espoir, du bonheur.

— Et votre père, qu'en pensera-t-il ? dit alors la jeune fille.

— Gary ?... Qu'importe de toute façon ! Il exerce de hautes fonctions, certes. Il a de grandes ambitions, mais c'est un type bien, dit le jeune homme avec son vocabulaire bien à lui. D'ailleurs, je crois qu'il vous aime beaucoup. Et même s'il vous détestait, je serais prêt à le quitter à tout jamais s'il s'opposait à notre amour...

Les propos d'Adam étaient un véritable baume de douceur, de chaleur et de réconfort pour le cœur meurtri de Barbara. Elle l'aurait presque embrassé pour s'être montré si franc, si sincère, si tendre. Vraiment, c'était un garçon formidable. Il méritait son affection, plus que son affection...

Dans les jours qui suivirent, toute au bonheur d'être reconnue et aimée pour elle-même, Barbara se laissa enfin aller à la douceur de vivre.

Adam ne la quittait plus. Elle ne quittait plus Adam. Ils partageaient tous leurs plaisirs, la natation, un peu de tennis sur le court aménagé à l'arrière du bateau. Ils déjeunaient ensemble, dînaient ensemble, dansaient ensemble au nightclub du bord, heureux d'être l'un à côté de l'autre, simplement, sans vouloir chercher à forcer leurs sentiments.

— Ne soyez pas trop pressé, Adam, lui avait dit Barbara. Je viens de subir un douloureux échec sentimental et j'ai un peu peur de l'amour. Laissez-moi le temps d'oublier mes peines. Nous sommes jeunes. Nous avons l'avenir devant nous. Et si je dois aimer à nouveau, vous serez sans doute le premier à toucher mon cœur.

Sage, tranquille et respectueux, le jeune homme n'avait pas cherché à forcer sa tendresse.

— Dis-moi « tu », lui avait-il simplement demandé. Ce sera la plus grande des joies pour moi de savoir que déjà tu ne penses plus à moi comme à un étranger.

— C'est entendu, Adam, lui avait-elle répondu, sincèrement touchée par la gentillesse et la patience de son compagnon.

Tandis que Barbara et Adam devenaient un des plus charmants couples du navire, Gary, lui, de son côté, se faisait le cavalier attitré d'Elsa Blank. Barbara devait reconnaître qu'ils allaient bien ensemble. Elle était somptueuse. Blonde, sculpturale, vêtue avec une élégance recherchée, elle était faite pour flatter l'homme qu'elle avait à son bras. Toutefois, si elle admirait son physique, Barbara n'appréciait ni son caractère ni sa conversation. Snob, égoïste et souvent méprisante, seul ce qui concernait sa personne semblait l'intéresser. Elle jetait un regard désabusé sur le monde et n'avait de bienveillance pour les autres que lorsqu'ils étaient à ses pieds.

Non, vraiment Barbara ne l'aimait pas, Adam non plus d'ailleurs. Aussi comprenait-elle mal ce que Gary pouvait bien lui trouver, lui qui était si fin, si cultivé et qui se prenait si peu au sérieux.

Souvent, d'ailleurs, le babillage de sa cavalière semblait l'exaspérer. Barbara l'avait remarqué à de petits détails, une crispation de son sourire, un éclair féroce dans son regard, ordinairement rieur et pétillant d'humour.

Toutefois, il se montrait d'une courtoisie et d'une politesse parfaites à l'égard de la jeune milliardaire et se contentait de sourire avec une patience légèrement ironique lorsque ses propos se montraient par trop dépourvus d'intelligence et de sensibilité.

« Ce n'est tout de même pas pour les milliards de son père, un riche banquier, que Gary reste en sa compagnie, se disait la jeune fille. Il est sûrement aussi fortuné que la famille Blank. Alors, pourquoi ? »

A cette question, elle ne pouvait répondre et cela l'irritait contre Gary.

« Cela ne me regarde pas, ne cessait-elle de se répéter. Je n'ai aucune raison de m'intéresser à la vie privée du père d'Adam. »

Et pourtant, chaque fois que Gary Wells avait une attention galante, un sourire ou une parole affable pour Elsa, elle sentait courir sur sa peau d'étranges picotements de nervosité.

6

Depuis quelques jours, Gary attendait impatiemment l'escale à Délos. Grand amateur d'art antique, propriétaire d'une magnifique collection de statues grecques, il avait entendu dire que d'importantes fouilles archéologiques se déroulaient en ce moment sur l'île. Et il brûlait de découvrir les vestiges que les savants étaient en train d'extraire du sous-sol.

— Serez-vous des nôtres, mesdemoiselles, avait-il demandé la veille à Barbara et à Elsa.

— Certainement pas, avait répondu la jeune milliardaire. Je ne tiens pas à mourir de chaleur pour voir quelques vieilles pierres et trois poteries cassées ! Je préfère de beaucoup la fraîcheur de la piscine.

— Quant à moi, j'ai envie de vous accompagner, avait riposté Barbara.

Gary avait eu un sourire malicieux, comme si l'animosité qu'il sentait entre les jeunes filles l'avait amusé.

Barbara en avait été un peu vexée et s'était promis de ne plus jamais rien montrer de ce qu'elle pensait d'Elsa.

Elle resta silencieuse et réservée durant le transport en canot à moteur jusqu'à terre.

Adam, avec son tempérament heureux, essayait de la dérider sans réussir à dissiper sa contrariété...

Gary, seul à l'avant du bateau, restait muet, lui aussi, concentré. Sans doute se recueillait-il déjà à l'idée du plaisir qu'il allait trouver dans ce Pompéi grec qu'était Délos.

Deux mille ans avant J.-C., l'île avait été le carrefour spirituel et commercial de toute la mer Egée. Une civilisation prospère y avait vécu et on pouvait aujourd'hui admirer les superbes villas, les temples et les monuments que ce peuple antique avait construit au dieu Apollon — dont la légende dit qu'il est né sur la terre de Délos.

Le site le plus magnifique, lui avait dit Gary, était la célèbre terrasse des Lions, une plate-forme dominant la mer sur les hauteurs de l'île, où huit lions sculptés dans le marbre montaient la garde, l'œil rivé sur l'horizon. Il ne restait plus aujourd'hui que deux des fiers animaux mais l'endroit était toujours aussi beau. On se sentait bien modeste, tout à coup, au sommet de Délos en pensant que tant de siècles avant nous des hommes avaient vécu avec autant, sinon plus, de sagesse, d'intelligence et d'art qu'en notre moderne xxe siècle.

Gary insista pour montrer à Adam et à Barbara les riches mosaïques, les vieux puits, les colonnades de marbre ciselées du quartier du Théâtre. Il leur montra les célèbres maisons des Masques et des Dauphins, qui tiraient leurs noms des fresques qui décoraient les murs. Il leur fit visiter aussi le vieux musée riche de trésors.

Puis, lorsqu'il les sentit mûrs à point pour apprécier le travail que les archéologues étaient en train d'effectuer, il les entraîna vers le sud de l'île, sur le lieu des fouilles.

Une équipe de savants français y avait découvert

les vestiges, presque intacts, d'un quartier entier de la ville antique. Ils étaient en train de faire sortir de terre une magnifique avenue du vII^e siècle avant notre ère, lorsque les trois amis se présentèrent. Gary, grand spécialiste, connaissait le chef du chantier, qui les conduisit jusqu'au cœur même des fouilles, là où des femmes et des hommes creusaient à petits coups précis dans la terre sèche et rugueuse d'où ils faisaient jaillir, avec un infini respect, qui un fragment de poterie peinte, qui une main, un bras, un visage de statue rongé par les ans.

La passion et la fièvre de ces gens au travail, reconstituant la splendeur du passé du plus profond du sol, se communiquaient à Barbara émerveillée et recueillie.

Soudain, un silence se fit. On venait de découvrir un admirable buste de femme...

— Vénus !... murmura Gary d'une voix profonde et passionnée.

— Approchez-vous, mister Wells, c'est une merveille ! lui dit le chef de chantier.

Tous semblaient émus, mais Gary plus encore que les autres.

Grave et respectueux, il s'approcha de la statue et lentement la dévêtit de sa gangue de terre. Sa main descendit amoureusement autour de ses seins, caressa le ventre doucement arrondi, effleura les hanches de pierre blanche, si merveilleusement dessinées qu'elles étaient plus charnelles encore que celles d'une vraie femme, nue et offerte au désir de l'homme.

Barbara regardait, fascinée. Ses yeux allaient du visage de Gary au corps de la Vénus, parfait, immaculé, splendide au travers des siècles.

Et, soudain, c'est sur sa peau, ses formes, les rondeurs de sa poitrine, le tendre creux de sa taille

80

qu'elle sentit courir les mains de Gary. Plus il descendait le long du corps de pierre, plus sa chair s'émouvait d'un frisson imaginaire, plus son être s'offrait, se tendait vers l'étreinte absolue...

« Que m'arrive-t-il », se disait-elle, tremblante, incapable de maîtriser ses sens.

Gagnée par une exaltation croissante, bouleversée par cet instant unique qui faisait ressortir, de la plus lointaine Antiquité, la beauté de la femme et la splendeur de l'amour, elle perdait le contrôle d'elle-même et se sentait entraînée dans le tourbillon de la volupté et de la création originelle.

Gary était à genoux devant la statue. Il la regardait, la détaillait, la contemplait de toute la force de son être, comme pour la graver, la posséder à tout jamais dans son souvenir. Alors, Barbara fut envahie par une extase inconnue qu'elle ne pouvait plus refuser d'appeler par son nom : le désir.

Pour que personne ne devine la fièvre qui s'était emparée d'elle, la jeune fille s'éloigna, s'assit sur une pierre et s'efforça de reprendre une respiration normale.

Adam la rejoignit.

— C'était très émouvant, n'est-ce pas ? lui demanda-t-il.

« Ainsi donc, se dit la jeune fille, l'instant était bouleversant pour tout le monde. Je n'étais pas la seule. »

Cela la rassura, et, dans son cœur, quelque chose remercia Adam d'avoir su dédramatiser son trouble.

Ils s'éloignèrent tous les deux, bras dessus, bras dessous, tandis que Gary s'attardait auprès de la statue. Mais, bien qu'elle ait quelque peu retrouvé de son sang-froid, Barbara sentait son corps tout entier habité d'un étrange malaise. Elle avait chaud, elle avait soif, ses tempes étaient brûlantes.

— Mettons-nous à l'ombre, Adam, lui proposa-t-elle.

Il l'entraîna à quelques centaines de mètres des fouilles, à l'ombre d'un groupe de pins parasols. Ils s'assirent sur l'herbe sèche. Ils étaient seuls, silencieux, encore émus... Et, lorsque Adam prit doucement Barbara contre sa poitrine, elle ne résista pas. Elle se laissa aller à la chaude présence du corps de l'homme, à son réconfort, à son énergie.

Sa chair encore frémissante semblait attirée par une force qui échappait totalement à sa raison, une tension aveugle ne demandait qu'une chose : l'assouvissement.

Adam posa ses lèvres sur sa bouche brûlante, et, vaincue, elle partagea son étreinte.

Il était beau, sa peau sentait le soleil et le sel marin. Elle passait sa main dans ses épaisses boucles blondes, caressait sa nuque ferme, ses épaules rondes et musclées. Elle ne voulait penser à autre chose qu'au contact de leurs deux corps, aux bras puissants du jeune homme qui ployaient sa taille et la contraignaient à l'abandon.

Leur baiser se prolongea, et ce n'est que lorsqu'ils reprirent haleine que Barbara réalisa ce qui était arrivé.

Avait-elle vraiment souhaité cette forme d'engagement qu'elle venait de prendre vis-à-vis d'Adam ? Adam qui l'aimait et qui devait penser qu'elle aussi partageait sa passion.

Or, aimait-elle réellement le jeune homme d'un amour plus fort que tout, d'un amour capable de lui faire voir l'avenir sous un autre jour ? Elle dut bien s'avouer qu'elle n'en était pas sûre.

Gary gravissait le chemin pour les rejoindre. D'un geste, elle remit de l'ordre dans ses cheveux. Elle se sentit rougir, puis pâlir.

82

— Ma chérie, murmura alors Adam à son oreille. Ne te trouble pas ainsi. Je suis là, aie confiance. Nous ne sommes pas des criminels mais des amoureux...

Gary sourit en les voyant chuchoter.

— Alors, on complote ? dit-il pour les mettre à l'aise. Allons venez, il est temps de rentrer à bord. Il est presque l'heure du dîner. La beauté de cette statue de femme m'a tellement chaviré que j'ai perdu toute notion de temps.

Ils passèrent près d'un gros palmier solitaire au milieu d'un champ de pierrailles : « Le palmier légendaire auquel s'agrippa la déesse Léto en accouchant d'Apollon », expliqua Gary.

« Serai-je mère un jour ? » se demanda rêveusement Barbara. C'était la première fois qu'elle se sentait émue par l'idée de la maternité, la première fois qu'elle prenait conscience que son corps était fait pour donner la vie.

« Cela ne veut-il pas dire qu'une femme est amoureuse lorsqu'elle pense à avoir des enfants ? se dit-elle. Après tout, peut-être est-ce que j'aime Adam sans le savoir encore ? »

Bah ! à quoi bon forcer le destin... Elle verrait bien ce que lui réservait son cœur.

Le lendemain soir, il y avait un grand bal costumé à bord de l'*Amphitryon*.

En quelques coups de ciseaux, Barbara s'était confectionné un déguisement ravissant. Certes, elle aurait pu louer un costume au magasin d'accessoires du bord, sans avoir à se donner de mal. Mais elle n'y avait trouvé que de lourdes robes de marquises, des toilettes de princesses chargées de perles et de rubans, rien qui convienne à son état d'âme et à la modestie de son caractère.

C'était en Cendrillon qu'elle avait décidé de se travestir. Une longue jupe bleu délavé sur laquelle elle avait cousu des pièces de couleurs et dont elle avait découpé l'ourlet en dents de scie, un simple chemisier blanc qui découvrait jusqu'aux épaules ses bras lisses et bronzés, un châle fleuri autour de sa taille, les pieds nus et un balai à la main, c'est ainsi qu'Adam l'avait trouvée en venant la chercher dans sa cabine. Elle avait remonté ses cheveux en un chignon sage et, de-ci, de-là, avait légèrement noirci son visage à la suie, comme si elle venait de procéder au nettoyage de l'âtre.

— Quel déguisement original ! lui dit Adam en la prenant dans ses bras. Décidément, Barbara, tu es la plus belle et la plus charmante, la plus imaginative aussi de toutes les femmes de ce bateau. Non, de toutes les femmes du monde ! corrigea-t-il en la soulevant de terre pour la faire tourbillonner. Plus je te vois, plus je t'aime.

— Allons, Zorro ! protesta Barbara en riant. Vous allez chiffonner ma belle toilette et la vôtre aussi par la même occasion.

Un grand Z d'or zébrant sa poitrine, l'épée au côté, une longue cape noire, un large chapeau et un loup cachant son regard, Adam avait fière allure dans le personnage de Zorro.

— Et votre père, et Elsa, quelles tenues ont-ils choisies ? demanda-t-elle, curieuse, amusée comme une enfant à la perspective de cette fête qu'elle appréciait tout particulièrement, elle qui, par vocation, avait l'art du costume.

— Gary est un superbe mousquetaire, répondit Adam. Quant à Elsa, je ne l'ai pas encore vue. Mais je me doute qu'elle sera coiffée d'une couronne et portera le sceptre, elle qui d'ordinaire se prend déjà pour une reine, ironisa-t-il. Quand je pense que son père est un homme si charmant. Gary le connaît bien et travaille souvent avec lui ; moi-même, je l'ai rencontré à deux ou trois reprises à New York. Cultivé, humain, simple en dépit de sa fortune, comment a-t-il pu avoir une fille aussi sotte et infatuée de sa personne ?

« Tiens, se dit Barbara qui, jusqu'à ce jour, ignorait les relations qu'entretenaient Gary et Mr. Blank. Est-ce pour cette raison qu'il se montre si courtois et patient avec Elsa ? Est-ce au nom de l'amitié et de l'admiration qu'il a pour son père ? »

Peut-être, et la jeune fille se réjouissait à cette idée, tant la décevait l'idée que Gary puisse aimer la milliardaire pour sa beauté et sa plastique spectaculaire.

Bras dessus, bras dessous, tous deux d'excellente humeur, les jeunes gens se dirigèrent vers le bal.

Dans les salons magnifiquement parés, les couples bigarrés dansaient déjà au son de l'orchestre.

Les rires, la joie, les exclamations étonnées fusaient de toute part, chacun cherchant à se reconnaître sous les masques, les postiches et les maquillages colorés.

Zorro, fermement décidé à ne prêter sa Cendrillon à personne, enlaça Barbara pour une série de slows.

Barbara espérait que ce contact de leurs deux cœurs, de leurs deux corps lui en apprendrait plus sur la vérité de son attachement à Adam.

Attentive à ses émotions intérieures, elle se laissait tendrement guider par le jeune homme. Elle reconnaissait l'odeur fraîche de sa peau, le parfum de son eau de toilette, la chaleur de ses mains sur sa taille. Hélas ! si elle éprouvait un doux bien-être, une sensation de sécurité et de paix, elle regrettait de ne plus se sentir vibrante et exaltée comme elle l'avait été à Délos.

Ce qu'elle ressentait aujourd'hui tout contre le jeune homme correspondait plus au confort d'être aimée qu'au bonheur d'aimer. Son corps restait passif. Il recevait mais il ne parvenait pas à donner, à frissonner du désir de l'autre.

Est-ce parce qu'ils étaient entourés et observés par des centaines de personnes et que l'atmosphère de la fête ne favorisait guère l'intimité ? Est-ce parce qu'elle s'était trompée en disant oui à Adam ?

— Arrêtons-nous un moment, veux-tu, Adam, demanda-t-elle. Allons boire quelque chose de frais. Je meurs de chaleur sous mes haillons.

— Excellente idée ! Tiens, j'aperçois papa au bar. Allons le rejoindre.

Gary prenait une coupe de champagne en compagnie de la vieille amie de Barbara, la romancière anglaise.

En apercevant les jeunes gens, ils interrompirent leur conversation pour les accueillir à leur table.

— Félicitations, Barbara, dit Gary qui s'était levé pour lui avancer une chaise. Votre costume est des plus réussis et vous va à ravir.

— Nous sommes tous plus beaux les uns que les autres, ce soir, plaisanta la jeune fille pour ne pas laisser voir qu'elle avait rougi, comme chaque fois que le père d'Adam lui faisait un compliment.

Mais son trouble n'avait pas échappé à l'œil observateur de la vieille dame qui, avec son habituel petit sourire malin, observait le visage de Barbara comme si elle cherchait à y lire la réponse à une question qu'elle se posait.

« En sait-elle plus que moi sur ce qui se passe dans mon cœur ? » se demanda Barbara.

La romancière, s'adressant à Adam, déclara soudain :

— Ne voulez-vous pas faire une bonne action, jeune homme ? Invitez-moi donc à valser. On s'imagine que toutes les grands-mères ont des rhumatismes. Mais ce n'est pas vrai. J'ai encore de bonnes jambes et j'adore danser...

Adam s'était levé, ravi de faire plaisir à la charmante vieille personne.

— Barbara ne m'en voudra pas, je l'espère, ajouta-t-elle avec une malice dont la jeune fille préféra ne pas comprendre le sens, avant de s'éloigner en tourbillonnant au bras du jeune homme.

Restée seule avec Gary, la jeune fille se trouva désemparée. Et comme un fait exprès le père d'Adam ne disait pas un mot, se contentant de l'observer avec un demi-sourire, l'air pensif.

Elle essaya maladroitement de lancer la conversation sur la pluie et le beau temps, mais Gary l'interrompit :

— Allons danser, lui dit-il avec autorité.

Sans lui laisser le temps de répondre, il la prit fermement par l'avant-bras et l'attira contre lui.

Raides, tendus l'un et l'autre, ils n'échangèrent que deux ou trois mots de politesse durant la danse.

Glacée, Barbara se disait que Gary devait lui en vouloir d'accaparer son fils. Sans doute eût-il préféré qu'Adam s'éprenne d'une fille riche, se répétait-elle. Mais tout en se faisant cette réflexion, elle regardait la main de Gary qui serrait la sienne, cette même main brune, puissante et virile qu'elle avait vue la veille courir sur le corps de la statue de Vénus avec une sensualité bouleversante.

À cette évocation, Barbara se sentit parcourue d'un frisson violent.

— Qu'avez-vous ? lui demanda alors son cavalier. Serait-ce moi qui vous intimide ?

— C'est cela même, monsieur, répondit-elle alors en le fixant droit dans les yeux.

Qu'aurait-elle pu répondre d'autre ? Il savait fort bien que c'était la vérité.

Il y eut entre eux une brève tension que Gary rompit en plaisantant :

— Mon costume de noble mousquetaire doit y être pour quelque chose. La prochaine fois je laisserai mon épée au vestiaire si cela peu vous rassurer.

Barbara fut obligée de rire pour rompre le malaise. Mais elle souriait jaune, et, quand Adam vint la rechercher pour l'entraîner dans une joyeuse farandole, elle se sentit heureusement soulagée.

Plus la soirée avançait, plus l'atmosphère se faisait chaleureuse et détendue. La fête avait pris l'allure d'une amusante kermesse. Sous leurs déguisements d'un soir, les passagers oubliaient leur âge, leur fortune, leurs habitudes un peu guindées pour se distraire en toute simplicité, rire et se défouler dans une ambiance familiale et bon enfant.

C'est ainsi que des jeux de société furent spontanément organisés et recueillirent la participation de tous. Adam se retrouva grand perdant de la danse du balai et fut contraint, en guise de punition, d'embrasser toutes les femmes de l'assistance. Soixante-dix au total, compta-t-il, les joues en feu à force de bises.

Le jeu des gages n'épargna pas Barbara, elle non plus. Elle dut danser, seule sur la piste avec le capitaine, un sirtaki endiablé, dont elle se tira d'ailleurs avec brio, sous les bravos de l'assistance.

Puis vint le tour de Gary ; les yeux bandés, il avait pour consigne de reconnaître « au toucher » la cavalière qu'allait lui désigner le sort. Et le sort voulu que Barbara portât le numéro que choisit

Gary. Elle fut invitée à dénouer ses cheveux afin de n'être pas reconnue trop vite à son chignon.

Adam la couvrit de sa longue cape de Zorro, et, ainsi méconnaissable, elle se livra à la perspicacité de Gary.

Avant même qu'il ne pose ses mains sur ses épaules, la jeune fille s'était sentie frémir.

Une sourde angoisse s'était emparée d'elle. Elle avait peur, peur de qui, peur de quoi ?...

« ... Ce n'est qu'un jeu », s'efforça-t-elle de se dire.

Toutefois, lorsque les doigts de Gary se posèrent sur son cou, glissèrent sur sa nuque, elle se sentit habitée par une force qui la dépassait. Elle sentait sa peau brûlante sous la caresse de Gary. Elle revoyait la statue de Délos. Elle revivait la vague de sensualité qui s'était emparée d'elle lorsque Gary s'était agenouillé devant la femme de pierre. Elle sentait tout son corps qui s'offrait, qui se dissolvait sous l'effet d'un trouble incontrôlable.

La main de Gary parcourait son visage. Il l'avait reconnue dès le premier instant, elle le savait. Etait-ce pour ne pas décevoir l'assistance qu'il faisait durer le suspens ?

Au bord des larmes, Barbara avait tout oublié. Elle se sentait seule au monde avec lui sur la piste de danse. Les yeux des centaines de passagers braqués sur eux n'avaient plus d'importance. Elle n'avait plus qu'un souhait : que ce jeu finisse. Que cesse le pouvoir que Gary exerçait sur elle, vite, sinon son émotion allait devenir visible et risquait de la compromettre.

— Calme-toi, dit alors Gary d'une voix grave. Personne ne sait, ne comprend ce qui nous réunit.... Nous sommes complices, Barbara, et nous n'y pouvons rien.

« Ai-je bien entendu ? » se demanda-t-elle, confuse de ce qu'elle avait pu laisser voir.

Mais, tandis qu'elle se tourmentait, les quelques mots de Gary Wells couraient sur sa peau comme autant de caresses. Elle se sentait à la fois émue, heureuse, épanouie et douloureusement inquiète.

Lorsque l'index de son cavalier vint lui effleurer les lèvres, elle réalisa la tragique situation où elle se trouvait.

Elle avait offert sa bouche à Adam et c'était dans les bras de son père qu'elle frissonnait...

— Comme j'aurais su vous aimer, murmura alors Gary d'une voix mélancolique. Oui, comme j'aurais su vous aimer si...

Avant d'avoir fini sa phrase, il sembla la regretter. Et, pour mettre fin à cette étreinte dangereuse, il lança à l'intention de toute l'assistance :

— Je crois avoir trouvé ! Ma cavalière n'est autre que Cendrillon, la charmante Mlle Delsey.

Combien de secondes leur intimité avait-elle duré ? Barbara ne pouvait le dire. Elle revenait à la réalité comme on s'éveille d'un songe et se sépara de Gary avec une impression de déchirement.

Profitant d'un mouvement de foule, elle s'éclipsa pour aller cacher son émoi dans la solitude de sa chambre.

« C'est lui que j'aime, s'avoua-t-elle enfin. C'est lui seul qui me bouleverse... Depuis le début. Mais il ne faut pas. Je n'ai pas le droit. J'ai donné un baiser à Adam. Même s'il ne s'agit que d'un flirt sans lendemain, je ne peux pas le trahir. Il croit en moi. Pour lui ce serait terrible d'apprendre que Gary... »

Brusquement, une autre pensée inquiétante vint lui traverser l'esprit :

« Qu'est-ce que Gary allait penser d'elle ?... Qu'elle n'était qu'une écervelée, une fille sans moralité qui séduisait un tout jeune homme pour frémir dans les bras d'un autre, son propre père de surcroît ! »

Non, elle ne pouvait supporter cette idée.

Il lui fallait détromper Gary. Ne plus jamais lui donner le moindre soupçon sur cette attirance bouleversante qu'elle ressentait envers lui. Et, dès à présent, elle allait retourner à la fête pour lui montrer que ce qui s'était passé ne comptait pas pour elle. Pour qu'il n'interprète pas sa fuite comme un aveu d'amour.

Elle rafraîchit son visage, se remaquilla, se recoiffa et, décidée de toute la force de sa volonté de ne rien laisser paraître, partit rejoindre Adam.

— Je suis allée refaire mon chignon, lui expliqua-t-elle pour apaiser ses inquiétudes. Et, pour couper court à ses questions, elle lui demanda de la faire danser.

La soirée se poursuivit fort tard et Barbara dut faire des efforts surhumains pour rester sereine jusqu'au bout.

En fait, elle n'avait qu'une idée en tête, se retrouver seule dans son lit pour pleurer tout son soûl, et oublier dans les larmes son amour impossible pour Gary.

7

Contrairement à ce qu'elle avait imaginé, Barbara n'eut pas à ruser, dans les jours qui suivirent, pour fuir la présence de Gary.

En fait, il ne se montra pas. A croire que c'était lui qui s'efforçait de ne pas se trouver en présence d'Adam et de la jeune fille.

Livrés à de longs tête-à-tête, les deux amis eurent enfin l'occasion et le temps de se connaître mieux.

Barbara fit part à Adam de ses ambitions, de la carrière qu'elle projetait de faire dans le monde de la mode. Elle lui montra même ses croquis, dont il lui fit de chaleureux compliments auxquels elle ne crut pas vraiment tant il applaudissait aveuglément à tout ce qu'elle faisait ou disait.

Le jeune homme, quant à lui, lui expliqua qu'il suivait de hautes études de sciences politiques à l'université de Princeton, avec l'intention d'entrer plus tard comme son père dans les relations diplomatiques internationales.

Curieusement, Adam se montra très discret sur la vie qu'il menait aux Etats-Unis, sur sa famille, ses distractions.

Barbara sentit qu'il ne disait pas tout, qu'il évitait soigneusement certains sujets.

Ne voulant pas être indiscrète, respectueuse de la sensibilité de son compagnon, elle ne posa pas les questions qui lui brûlaient les lèvres : qui était sa mère, la femme de Gary ? Vivaient-ils encore ensemble ? Où habitait la famille Wells ? Comment se déroulait leur vie quotidienne ?

Non, elle pressentait qu'elle aurait abordé un terrain dangereux en entreprenant Adam sur ces sujets intimes.

Il y avait une chose, pourtant, qu'elle osa demander au jeune homme. Peut-être avait-elle tort, mais elle ne pouvait plus résister. Elle se devait de savoir.

— Etes-vous joueur, Adam ? interrogea-t-elle un matin tandis qu'ils se reposaient sur les transats du court de tennis où ils venaient d'échanger quelques balles. Elle venait de trouver l'occasion, à travers cette partie, d'aborder le sujet sans parler directement de Gary.

— Joueur ?... Non, répondit-il. Sportif, oui, mais tout ce qui est jeu de cartes ou de société ne m'intéresse guère. Je laisse ces plaisirs à mon père qui est bien obligé d'occuper comme il le peut ses nuits d'insomnie.

Et il lui raconta que Gary s'était pris de passion depuis peu de temps pour les casinos. Mais, précisa-t-il à Barbara, il n'y voit qu'une manière de se distraire en aiguisant son esprit aux subtilités des cartes, des passes et des martingales.

— Oui, ajouta-t-il, papa m'a expliqué qu'il tirait parfois de véritables leçons de diplomatie à partir des réactions des joueurs, de ces gens qui risquent leur fortune à vouloir être plus fort que le destin.

« J'aimerais beaucoup qu'il vous parle de ce sujet, conclut-il. Il s'y montre encore plus passionnant que d'habitude. Je crois même qu'il projette d'écrire un livre sur l'univers parallèle qui existe entre les fidèles des tables de baccara, de roulette ou de poker, et cet immense échiquier qu'est la carte du monde et que se disputent les chefs des grandes puissances.

Barbara souriait en l'écoutant. Adam venait de rassurer son cœur qui n'était pas parvenu à oublier le défaut qu'elle avait cru voir en Gary le soir de la fête russe.

A présent, elle savait que le père d'Adam ne ressemblait en rien à son ex-fiancé. Et même si elle avait décidé de le chasser de son esprit, cette certitude la rassurait.

Dans tous les tourments que ne cessait de se faire son esprit inquiet, il y en avait au moins un qui s'était résolu. Et elle en éprouvait un très vif soulagement.

Comme on approchait de Rhodes, Gary réapparut.

— Je vous amène avec moi, dit-il à Barbara et à Adam au cours du déjeuner qui précédait l'escale. Mon ami Erasis nous convie à la grande fête qu'il donne à l'occasion de l'anniversaire de sa fille : il a prévu de nous envoyer un hélicoptère qui, de Rhodes, mettra juste quelques minutes pour nous conduire jusqu'à l'île superbe dont il est propriétaire.

Aristophanos Erasis, Barbara connaissait — tous les journaux en parlaient — ce célèbre armateur grec connu dans le monde entier pour son immense fortune.

Aurait-elle pu se douter qu'un soir elle aurait l'occasion de faire sa connaissance ? Non, bien sûr. Et, d'ailleurs, cette perspective l'intimidait un peu. Qu'allait-elle faire, elle qui ne possédait même plus de quoi s'offrir la location d'une chambre de bonne à Paris, au milieu d'une société riche à milliards ?

— Venez Barbara, insista alors Gary, qui semblait avoir deviné ses scrupules. Erasis est un homme charmant, intelligent et cultivé. Ce n'est pas un de ces milliardaires ingrats uniquement préoccupés par leurs actions en Bourse. Il m'aide souvent dans des missions pour le Tiers Monde. C'est un type bien et généreux. Sa fille unique va avoir dix-huit ans et il veut lui offrir un bel anniversaire. La fête qu'il va organiser sera sans doute dispendieuse mais non pas inutile. De nombreuses personnalités vont s'y rencontrer et, croyez-moi, il en sortira bien des idées et des projets pour l'avenir d'un monde meilleur...

— Eh bien, c'est entendu..., dit alors Barbara que les accents chaleureux de Gary avaient réussi à convaincre.

Elle choisit soigneusement sa toilette, une superbe robe de mousseline noire au bustier drapé, dégageant entièrement ses épaules et son cou jusqu'à la naissance de ses seins dont il soulignait la perfection. C'était une des premières toilettes qu'elle avait créées et, jusqu'à ce jour, elle n'avait jamais osé la mettre. Elle la trouvait trop décolletée pour les soirées parisiennes auxquelles elle avait eu l'occasion de participer. Mais ici, sous le soleil grec, bronzée comme elle l'était, cette robe lui semblait idéale. Et même si le noir pouvait paraître un peu sévère, il lui donnerait une personnalité et un style bien à elle, tout en faisant ressortir le vert de ses yeux, les reflets dorés de ses cheveux et la luminosité de son teint.

Elle prépara une petite valise, puisqu'il était prévu que les trois amis passeraient la nuit suivant la fête chez leur hôte.

Ainsi prête, un peu inquiète de cette première grande entrée dans le monde, Barbara décida de passer un après-midi tranquille dans sa cabine.

— Il faut que je travaille un peu, avait-elle dit à

Adam qui la pressait de l'accompagner à la piscine. Depuis que je vous connais, je n'ai pas eu une idée nouvelle pour ma collection future. Vous me dissipez, jeune homme, avait-elle ajouté en riant. Jamais je ne serai une bonne styliste si je me laisse vivre ainsi à vos côtés.

Elle plaisantait mais, au fond, elle aspirait réellement à une demi-journée de solitude.

Adam, si jeune, si inconscient, l'avait entraînée à profiter sans trêve de toutes les joies du bateau, ces derniers temps. Et si elle l'avait suivi, heureuse de se décontracter un peu, elle souhaitait aujourd'hui un moment de tranquillité pour faire le point.

Car, après tout, elle devait songer aux choses sérieuses. La croisière s'achèverait dans une semaine. Ensuite, que se passerait-il ? Adam rentrerait bien sagement aux Etats-Unis avec Gary pour suivre ses cours à Princeton, et elle, elle regagnerait Paris pour y rechercher du travail.

C'est en prévision de cette épreuve qu'elle se remit farouchement à sa table de dessin.

Et, par bonheur, les idées lui vinrent rapidement. Elle se sentait en forme, enthousiaste, moins hésitante qu'auparavant pour mettre au point un modèle, parfaire une ligne, choisir les couleurs.

« Cette croisière aura quand même porté ses fruits, se dit-elle. Je suis moins tendue, moins nerveuse et inquiète depuis quelques jours. »

Sur sa lancée, elle dessina jusqu'à la nuit, et, lorsque Adam lui téléphona dans l'espoir qu'elle le rejoindrait pour le dîner, elle refusa gentiment en lui disant la vérité : elle se sentait trop inspirée pour ne pas en profiter.

En débarquant à Rhodes, le lendemain après-midi, Adam, Gary et Barbara se rendirent directement à l'aéroport où les attendait l'hélicoptère d'Erasis.

Barbara remettait au lendemain la visite de la vieille ville, du Musée archéologique et des quartiers turcs dont on lui avait dit qu'ils étaient si typiques.

— N'allons-nous rien offrir à cette jeune fille qui fête aujourd'hui ses dix-huit ans ? demanda Barbara à ses deux compagnons peu avant l'embarquement.

— Heureusement que nous vous avons, Barbara, répondit Gary. J'avais complètement oublié le cadeau de Stellia. Nous, les hommes, ajouta-t-il en se tournant vers son fils, nous ne pensons jamais assez à ces gentilles attentions.

Gary les entraîna vers la joaillerie de l'aéroport.

— Que choisiriez-vous, Barbara, vous qui avez tant de goût ? dit-il en s'adressant à la jeune fille.

Une perle fine, simple, pure, montée sans ornements superflus sur un mince anneau d'or attira tout de suite son regard.

Sans hésiter Gary la sortit de l'écrin où elle était exposée, la tendit au bijoutier en déclarant :

— Avez-vous deux bagues semblables ?

— Oui, répondit ce dernier, qui entreprit d'ouvrir son coffre-fort pour trouver le bijou similaire.

— Vous ne ferez qu'un seul paquet, s'il vous plaît, dit-il alors au marchand.

Et, se tournant vers Adam, il lui tendit la perle qu'il tenait encore entre ses doigts.

— Offre cette bague, en ton nom et au mien, à Barbara. Elle est le rayon de soleil de notre voyage et nous ne l'en remercierons jamais assez.

Incrédule, gênée, Barbara bredouilla :

— Voyons, Gary, je ne peux accepter. Le bijou est magnifique. Il n'y a aucune raison...

Mais, déjà, Adam avait pris sa main pour glisser l'anneau à son doigt.

97

— Je vous en prie, Barbara, acceptez !... Cette bague n'a rien à voir avec notre idylle, lui murmura-t-il à l'oreille. Cela faisait si longtemps que nous n'avions eu une présence douce à nos côtés, papa et moi. Mais vous ne pouvez pas comprendre...

Il se détourna et les yeux de la jeune fille rencontrèrent ceux de Gary, qui, un peu en retrait, la regardait avec une profondeur intense, comme s'il la suppliait, par une force venue du plus profond de lui-même, de ne pas refuser ce présent. Le second présent qu'il lui faisait.

— Mais pourquoi ?... Je suis confuse. Vous me mettez, tous les deux, par votre gentillesse, dans une situation embarrassante.

— Donner pour le seul plaisir de donner, dit alors Gary laconiquement. C'est peut-être quelque chose qui se fait rare à notre époque. Il n'empêche qu'aujourd'hui, mon fils et moi, nous avons envie de vous faire plaisir. C'est tout. Ne cherchez pas à en savoir plus.

Il avait l'air grave et triste, soudain, et la jeune fille sentit que refuser serait bien plus ingrat que d'accepter de bon cœur.

Emue par cette générosité sincère, mais aussi par l'insistance de Gary, qui semblait attacher à ce cadeau une signification secrète, elle resta silencieuse un long moment.

Puis elle rompit le sentiment de gêne qui, mystérieusement, les avait gagnés tous les trois en déclarant qu'elle aussi voulait faire un cadeau à l'héroïne de la fête.

Et elle les entraîna chez le fleuriste où elle choisit une unique mais magnifique orchidée pour cette jeune Stellia qu'elle ne connaissait pas encore.

Après quoi, ils s'envolèrent pour l'île de Kiros, le paradis d'Erasis.

Quelques heures plus tard, sous un ciel étoilé, au bord d'une crique de rêve spectaculairement illuminée aux rayons laser, Aristophanos et sa fille recevaient leurs invités. Le décor était somptueux, la mise en scène époustouflante même pour le spectateur le plus blasé.

L'île tout entière était embrasée de feux de Bengale. Des profusions de fleurs embaumaient l'atmosphère de parfums suaves.

Quant aux toilettes, aux parures, à l'élégance de l'assistance, elles n'avaient d'égales que ce que Barbara avait pu voir au cinéma dans les superproductions d'Hollywood.

Le gotha du monde entier semblait s'être réuni sur ce petit grain de terre perdu au cœur de la mer Egée.

Gary présenta Barbara à plusieurs personnalités de la politique et de la finance américaines. Elle reconnut des vedettes de l'écran, du spectacle, plusieurs héritiers de familles princières.

Un peu étourdie par ce rassemblement de tant de célébrités et de fortunes, un peu troublée aussi par toute cette opulence, la jeune fille se serait sentie perdue sans la présence de ses deux compagnons qui ne la quittaient pas d'une semelle. Même si le père et le fils Wells étaient sollicités par de nombreuses relations, ils s'efforçaient de rester attentifs à leur cavalière avec la simplicité et la gentillesse qui leur étaient coutumières. Ils ne pouvaient d'ailleurs que se flatter de la beauté de Barbara vers qui tous les regards convergeaient avec admiration.

Tout le monde semblait se demander qui était cette jeune inconnue dont on ne savait si elle accompagnait Adam ou Gary... Mais, bientôt, la voix du maître de maison retentit à travers l'assistance.

— Mesdames, messieurs, si vous voulez bien passer à table...

Tout le monde se dirigea vers les longues tables du buffet, damassées de blanc, pour découvrir, à la stupéfaction générale, qu'elles étaient absolument vides.

— Encore une des plaisanteries d'Aristophanos ! murmura une voix maniérée, non loin de la jeune fille.

Les projecteurs se dirigèrent alors vers les rochers qui entouraient la crique.

De jeunes pêcheurs grecs vêtus de pagnes s'y tenaient prêts à plonger. Dans un jaillissement d'écume, ils disparurent tous ensemble au fond de l'eau et, au bout d'un instant, en remontèrent de vieux coffres vermoulus, bardés de ferrures, pareils à ceux des trésors enfouis du temps des pirates.

On fit sauter les serrures : sur des lits de glace pilée, les convives découvrirent alors champagne, caviar, foies gras piquetés de truffes, volailles empanachées, poissons et crustacés splendidement parés...

Les applaudissements fusèrent de toute part, tandis que le maître des lieux, ravi de sa mise en scène, invitait ses amis à prendre place sous de grands dais de soie chamarrée.

Si elle avait fait la connaissance de son père à la descente d'hélicoptère, Barbara n'avait pas encore eu l'occasion d'être présentée à l'héroïne de la fête, la jolie Stellia Erasis.

Petite, menue mais admirablement musclée, sans doute parfaite sportive, elle aurait fait un peu garçon manqué si ses grands yeux limpides n'avaient donné à son visage une grâce et une finesse très féminines.

Placée à la gauche d'Adam, la jeune héritière

100

montra tout de suite le plus vif intérêt pour son voisin.

Elle faisait ses études aux Etats-Unis, elle aussi, et tout de suite leur milieu universitaire, la vie comparée de leurs deux campus, de leurs équipes de base-ball, de leurs champions de natation leur offrit de nombreux sujets de conversation.

Au début, Adam s'était contenté d'écouter Stellia avec une attention courtoise mais réservée. Barbara, qui se trouvait à sa droite, lui semblait cent fois plus séduisante que la jeune héritière, qu'il jugeait, du haut de ses vingt ans, bien juvénile à l'aube de son dix-huitième printemps.

Mais, peu à peu, la fraîcheur, la spontanéité, le naturel de Stellia s'imposèrent à lui. Barbara l'avait d'ailleurs tout de suite trouvée sympathique. Et les deux jeunes filles n'avaient pas tardé à discuter de Paris, de la mode française à laquelle l'héritière grecque s'intéressait de très près et qu'elle ne manquait pas de suivre en allant chaque saison faire du lèche-vitrine rue du Faubourg-Saint-Honoré et sur les Champs-Elysées.

— Plus tard, je viendrai directement m'habiller chez vous, vous avez si bon goût, lui avait même dit Stellia lorsqu'elle lui avait avoué qu'elle voulait devenir styliste. Et Barbara avait été touchée de sa gentillesse et de sa simplicité.

Il n'empêche qu'elle ressentit un petit pincement au cœur lorsque, après le dîner, la fille d'Erasis pris Adam par le bras et lui demanda d'ouvrir le bal avec elle.

Certes, cela ne prêtait pas à conséquence. Stellia était l'héroïne de la fête et, comme elle ne semblait pas avoir d'amoureux parmi les invités de son père, il était normal que son voisin soit son premier cavalier.

Toutefois, par une intuition toute féminine, Barbara avait cru sentir qu'Adam ne trouvait pas désagréable de se lancer sur la piste de danse avec cette jeune fille de son âge aux yeux si candidement admiratifs.

Et, sans être vraiment jalouse, Barbara fut bien obligée de reconnaître qu'ils formaient un couple charmant.

Très vite, elle fut invitée à son tour par un acteur de cinéma américain dont elle avait vu plusieurs westerns à la télévision.

Cela la fit sourire de se retrouver, elle, petite Française inconnue, dans les bras d'un homme qui faisait l'admiration de milliers de femmes. Un peu trop sûr de lui, le beau cow-boy n'y alla pas par quatre chemins pour lui dire qu'elle lui plaisait et qu'il se ferait un plaisir de lui faire visiter l'île au clair de lune.

— Vraiment ? lui répondit-elle avec une gentille ironie. Si vous voyiez mon mari vous ne me feriez pas de telles propositions. C'est un colosse de deux mètres et il pratique régulièrement la boxe...

Le comédien rit avec elle, s'excusa, et la laissa entre les bras d'un chanteur de rock dont l'œil un peu évaporé laissait deviner qu'il puisait souvent dans les cigarettes de chanvre indien l'inspiration pour ses musiques tonitruantes.

Adam revint et l'interrogea avec insistance sur ce que lui avait dit ses deux précédents cavaliers, et surtout l'acteur américain dont il semblait redouter la concurrence.

— Serais-tu jaloux, Adam ? lui demanda-t-elle en le taquinant.

— Oui, lui avoua-t-il. Tu es trop belle. Je ne t'abandonne plus, sinon tu vas te faire enlever.

Si, il allait l'abandonner pour une série de jerks

endiablés où l'entraîna Stellia, et dans lesquels Barbara refusa énergiquement de les suivre.

— Allons, vas-y, Adam, insista-t-elle. Je ne suis pas vraiment douée pour ce genre de danse. Je vais en profiter pour aller me refaire une beauté.

Ainsi rassuré, et brûlant d'envie d'aller se défouler, il la quitta en lui déposant un baiser sur le front.

Barbara chercha Gary du regard dans la foule. Mais elle ne l'aperçut pas. Sans doute devait-il parler affaires avec quelques-unes des nombreuses personnalités qui se trouvaient là ce soir.

Un peu esseulée, la jeune fille s'assit à l'écart pour observer la fête. Bien que tous les gens qu'elle ait approchés se soient montrés fort aimables, elle avait bien conscience de ne pas faire partie de ce milieu, de ces hommes et de ces femmes extrêmement fortunés, que le plus grand luxe n'étonnait pas.

Et, bien qu'elle ne reniât pas le moins du monde ses origines modestes, elle en éprouva un instant une sourde mélancolie.

« Ferait-elle partie un jour, elle aussi, des grands de ce monde, se demanda-t-elle. De ces gens dont le talent, le rôle, la situation avaient une importance et une renommée dans la société ? »

Elle aurait bien aimé, certes, devenir une styliste de classe. Mais, si toutefois elle y parvenait, elle se promettait de rester simple et de ne jamais être blasée par les plaisirs de l'argent. D'ailleurs, si elle voulait devenir célèbre, c'était bien plus par la volonté d'être utile et d'apporter de la joie aux femmes qu'elle habillerait que pour l'appât du gain.

Comme un jeune homme en smoking blanc semblait avoir remarqué sa solitude et qu'il allait sans doute s'approcher d'elle pour l'inviter à danser, elle préféra s'éloigner pour aller faire une promenade tranquille au bord de la plage.

En fait, elle se sentait lasse et en avait un peu assez des mondanités ; aussi trouva-t-elle agréable de s'éloigner des bruits de la fête pour se plonger dans la sérénité de la nuit. Elle arriva jusqu'au bout de l'île et s'assit sur un rocher pour contempler le spectacle de la mer étale, paisible, doucement irisée d'un rayon de lune.

— C'est beau, n'est-ce pas ? dit au bout d'un moment une voix non loin d'elle.

Elle se retourna, effrayée, et découvrit Gary, installé sur un rocher voisin. Dans l'obscurité, elle n'avait pu l'apercevoir en arrivant, et — peut-être pour l'observer un instant sans qu'elle s'en doute — il ne s'était pas manifesté.

— La fête ne vous amuse plus, Barbara, pour que vous recherchiez la solitude ? lui demanda-t-il alors.

Troublée, elle ne sut que répondre. Devait-elle lui avouer sa mélancolie ? Lui dire qu'Adam s'amusait avec Stellia et qu'elle s'était sentie un peu seule ?

L'espace d'une seconde, elle fut tentée de se confier à Gary, si fort, si sûr de lui, si serein. Lui aussi, comme elle, était venu se recueillir loin du bruit, face à la mer, au cœur de la nuit. Et ce désir commun qu'ils avaient eu en même temps émouvait Barbara et la rapprochait de lui.

Mais, comme un flash, la promesse qu'elle s'était faite de ne plus penser à Gary revint à son esprit.

Aussi déclara-t-elle simplement :

— J'étais un peu fatiguée. Je suis venue me reposer un instant.

Le ton de sa voix n'était sans doute pas convaincant, car il répondit avec gravité :

— Est-ce bien vrai, Barbara ?

— Mais oui ! répliqua-t-elle, s'efforçant au déta-
chement.

Il ne sembla pas entendre sa réponse et demanda
d'un ton plus léger :

— Pourquoi restons-nous si loin l'un de l'autre ?
Quiconque nous verrait, assis chacun sur notre
rocher à dix mètres de distance, se demanderait
vraiment à quoi nous jouons... M'autorisez-vous à
me rapprocher ?

— ... Mais oui, répondit-elle, déjà troublée. Elle
venait de prendre conscience de la tiédeur de l'air
sur sa peau, de l'intime lumière du clair de lune, de
l'étourdissant parfum des pins mêlés à l'odeur sau-
vage de la mer. Elle revoyait une fois de plus les
mains de Gary caressant la statue, elle revécut
l'effleurement de ses doigts sur sa nuque lors du bal
costumé... Elle eut brusquement envie de se lever,
de fuir. Elle ne se sentait plus maîtresse de ce qui
pouvait arriver... Et, pourtant, elle resta.

Gary s'assit auprès d'elle et garda le silence un
long moment.

Barbara, à son côté, contemplait l'horizon. Ses
sens étaient en ébullition et attendaient quelque
chose de confus, auquel elle n'osait penser. Elle se
révoltait contre elle-même à l'idée de désirer un
mot, un geste de Gary, alors que c'est à Adam
qu'elle avait fait don de sa tendresse et d'un profond
baiser. Et, en cette minute, elle ne souhaitait qu'une
chose : arrêter de penser, de se tourmenter, poser sa
joue contre l'épaule virile qui se trouvait à ses côtés,
se laisser aller... Mais c'était impossible, il n'était
pas fait pour elle. Il fallait chasser ce désir sournois,
trompeur qui n'appartenait qu'au corps et la poussait vers lui malgré elle.

Elle se leva brusquement.

— Je retourne au bal, murmura-t-elle la gorge sèche.

— Non ! lança Gary.

Il la saisit alors au poignet, l'attira contre lui, plongea ses yeux dans les siens.

— Je sais que vous n'avez nulle envie de regagner la fête, lui confia-t-il d'une voix passionnée. Vous avez envie de moi aussi fort que j'ai envie de vous. Soyez franche avec vous-même.

Sa taille se plia malgré elle, son corps tout entier, ses reins, ses hanches frémirent à l'appel du corps de Gary qui se pressa contre elle. Il prit ses lèvres avec fougue. Elle n'était plus qu'ardeur et volupté sous les mains qui caressaient sa peau.

— Que sommes-nous en train de faire, gémit-elle soudain en reprenant ses esprits. Nous trahissons Adam. C'est impardonnable.

Elle s'écarta de Gary, pleine de honte et de colère.

— Excusez-moi. Tout est ma faute, lui dit-elle. J'ai eu un moment d'égarement. Il ne faut plus jamais recommencer...

Il sourit avec mélancolie.

— Vous avez peut-être raison, Barbara. Mais sachez que ni vous ni moi ne pouvons rien à ce qui nous arrive. Cela s'appelle l'amour...

Il caressa doucement ses cheveux, d'un geste apaisant.

— Allez, dit-il, retournez vers les lumières. Je sais que nous nous retrouverons...

Il tourna les talons et disparut dans la profondeur de la nuit.

Barbara ne retourna pas danser. Elle regagna directement l'appartement qui lui était réservé dans le pavillon des invités de la propriété d'Erasis.

Elle laissa un mot à Adam pour le prier d'excuser

son brusque départ et lui expliquer qu'un malaise brutal l'avait contrainte à aller se reposer.

Barbara passa une nuit d'insomnie à faire les cent pas dans sa chambre. A l'aube, alors que tous les invités avaient peu à peu pris congé, dans la pâle lumière du petit matin, Barbara aperçut une dernière silhouette dans le lointain : celle de Gary se promenant lentement au bord des flots...

8

Barbara s'attendait à ce que Adam vienne la voir de bonne heure le jour suivant pour prendre de ses nouvelles.

Et elle s'était composée un visage afin qu'il ne devine rien du bouleversement de son cœur. Mais il ne se présenta que peu avant midi, les traits chiffonnés, encore tout barbouillé du sommeil de sa grasse matinée.

— Ah! quelle nuit, Barbara, lui dit-il. Quel dommage que tu n'aies pu en profiter. Vers 2 heures du matin, Stellia a réuni tous ses amis personnels dans le petit pavillon que son père lui a donné à l'autre bout de l'île. Il y avait un orchestre de rock. On a fait de la musique, dansé et chanté jusqu'à l'aube. C'était sensationnel... Mais, au fait, ma chérie, que t'est-il arrivé?

Barbara sourit dans son for intérieur. Adam était si jeune, il était normal qu'il se soit amusé avec des gens de son âge, sans plus se soucier de ses problèmes, dont elle ne l'avait que trop accablé depuis le début de la croisière.

— Rien de grave, Adam. Comme tu peux le constater, je suis à nouveau rétablie et j'espère que tu m'excuseras de ne pas être venue te prévenir de vive voix de mon départ. Je ne comprends pas très bien moi-même ces angoisses qui m'assaillent tout à coup et qui m'obligent à me retirer. Le bruit, le monde, l'agitation, la chaleur me deviennent brusquement insupportables. J'ai l'impression d'étouffer, sans doute à cause de la longue solitude à laquelle j'ai été contrainte ! Heureusement cela ne dure pas.

Il s'approcha d'elle et la prit dans ses bras.

— Mon petit oiseau perdu. J'aimerai tant pouvoir te communiquer la force et l'énergie que je sens en moi. La vie est belle, Barbara, lui dit-il en se mettant à tournoyer dans la pièce. Il y a du soleil, le ciel est bleu, demain est plein de joies et d'imprévu. Souris, il le faut, force-toi, on ne peut se sortir de la déprime sans le vouloir et y mettre du sien.

— Tu as raison, Adam, et tu me réconfortes beaucoup en me parlant ainsi. Mais, ajouta la jeune fille, intriguée, on croirait que tu as déjà connu quelqu'un qui était mal dans sa peau... Tu sembles parler comme si ce problème ne t'était pas inconnu ?

— Allons, Barbara. Cessons de parler de tout cela, répondit-il en éludant la question. Dehors la vie nous attend. Nous avons deux jours d'amoureux devant nous. Gary a dû regagner Athènes pour régler des affaires urgentes. Nous sommes seuls, libres de toutes les folies. L'hélicoptère d'Aristophanos est à notre disposition. Nous avons le choix. Nous pouvons, si nous le souhaitons, aller visiter Rhodes. Libre à nous de ne pas rejoindre le bateau pour passer la nuit. Nous pouvons descendre dans de petits hôtels typiques. Nous pouvons aussi rester ici. Stellia est heureuse de nous offrir l'hospitalité tant que nous le souhaitons.

En l'écoutant, Barbara avait frémi par deux fois : la première, en apprenant que Gary était parti ; la

109

seconde, en entendant Adam parler de la fille d'Erasis, en laquelle il semblait avoir trouvé une grande amie.

— Eh bien, Adam, je te laisse le choix, lui dit-elle un peu désemparée. Que préfères-tu ?

— Non, Barbara. A toi de décider. Tu sembles oublier que je t'aime et que ce que tu souhaites, je le souhaite aussi.

— Dans ce cas, répondit-elle, je préfère que nous allions visiter Rhodes...

— D'accord... Eh bien prépare-toi. Je vais prévenir notre hôtesse que nous partons.

La jeune fille crut sentir du regret dans sa voix. Comme s'il était déçu de quitter l'île où il avait passé une si bonne soirée, entouré de jeunes de son âge.

Restée seule, Barbara se mit à penser au brusque départ de Gary. Une vague de sentiments contradictoires vint envahir son cœur. Elle était, à la fois, malheureuse et soulagée. Elle aurait eu bien du mal à affronter sans trembler — en faisant comme si rien ne s'était passé — celui dans les bras duquel elle avait failli s'abandonner la veille.

Mais, en même temps, sans lui, la visite de Rhodes, la poursuite du voyage semblaient dénuées d'intérêt. Comme si le soleil s'était caché, comme si le relief avait disparu du paysage.

« Un seul être vous manque et tout est dépeuplé... » La parole du poète lui revint à l'esprit. Elle aimait donc si fort Gary qu'à la simple idée de son absence elle se retrouvait désemparée !

« Non, non et non ! se dit-elle en serrant les poings et en crispant les mâchoires. Je n'ai plus le droit de penser à lui. Notre baiser d'hier était le premier mais aussi le dernier. Et, en me détachant de lui, je lui ai dit adieu. Tant mieux s'il est parti. C'est le destin qui m'envoie un signe, une aide pour me permettre de mieux l'oublier. »

Oui, la croisière s'achèverait dans moins d'une semaine. Même si Gary revenait passer les trois derniers jours à bord de l'*Amphitryon,* le calvaire de Barbara ne serait pas long.

Il s'agissait maintenant de se conduire avec honnêteté envers Adam, et cela était presque aussi difficile que de ne plus penser à son père. Comment faire pour s'éloigner de lui sans le peiner ? Lui avouer qu'elle s'était trompée ? Que le sentiment qu'elle éprouvait pour lui n'était pas de l'amour ?

Pauvre Adam, il allait sans doute beaucoup en souffrir. Ne valait-il pas mieux attendre que les choses se dénouent naturellement, en douceur, avec la fin du voyage et l'obligatoire séparation qui s'ensuivrait ? Si, sans doute. Mais, en attendant, Barbara ne voulait plus, ne pouvait plus partager ses caresses, ses baisers. Après avoir frémi d'un désir ardent aux lèvres de son père, ç'aurait été lui faire outrage. Même si Adam ne devait jamais savoir ce qui s'était passé pendant qu'il s'amusait de bon cœur avec la gentille Stellia et sa bande d'amis, Barbara ne pouvait accepter l'idée du moindre effleurement amoureux entre eux désormais. Elle estimait Adam. Elle ne voulait pas salir ce qui restait de sentiments purs et forts entre elle et lui. Ne pas le tromper, ne plus l'abuser sur ses gestes de tendresse serait l'ultime preuve de sincérité et d'amitié qu'elle pouvait lui offrir.

Mais cela se révélait d'autant plus difficile que, par un mouvement irréfléchi, elle venait de proposer de faire, seule avec lui, la visite de Rhodes. Ils allaient avoir quarante-huit heures de tête à tête qui rendraient possible bien des moments d'intimité !

Que faire ? Il était trop tard pour revenir sur sa décision et accepter l'invitation de la fille d'Erasis !

Barbara prépara sa petite valise dans la plus grande confusion. Dans quelle situation indigne s'était-elle mise, elle, une fille au caractère droit, simple et franc jusqu'à ce jour. Elle comprenait maintenant ces problèmes psychologiques qui déchiraient le cœur des héroïnes de son amie, la romancière anglaise, et dont elle avait souri sans les prendre au sérieux.

« Nous verrons bien, se dit-elle en puisant dans la philosophie de la vieille dame. Ne lui avait-elle pas dit aussi : " Dans mes livres, ce qui plaît parce que c'est souvent vrai, c'est qu'en amour tout est bien qui finit bien ! " »

Adam vint la chercher pour embarquer. Stellia était là, son père aussi qui dit au jeune homme avant qu'il monte à bord de l'hélicoptère :

— Adam, cette maison est la vôtre. Revenez quand il vous plaira avec votre amie Barbara. Sa beauté et sa finesse sont un charme que nombre de mes invités ne sont pas prêts d'oublier. J'en ai eu des échos. Oui, Adam, croyez-moi, gardez-la précieusement. Sinon, on ne tardera pas à vous la voler.

Barbara avait pâli. Stellia aussi. Adam, lui, se contenta de sourire, d'une manière un peu mélancolique qui n'échappa pas à la jeune fille.

Une demi-heure plus tard, ils débarquaient à Rhodes.

Adam était-il encore fatigué après sa folle nuit ? Toujours est-il que Barbara dut prendre l'initiative de l'emmener déjeuner dans un petit restaurant typique de la vieille ville que leur avait indiqué le chauffeur de taxi.

Là, bien qu'il ait déclaré n'avoir pas faim, il

retrouva son bel appétit et dévora plus que permis devant le sourire indulgent et attendri de la jeune fille, qui, elle, ne put avaler plus de quelques bouchées.

En fait, Barbara n'eut guère de mal à fuir les assiduités de son compagnon. Si elle n'était pas au mieux de sa forme, Adam l'était encore moins qu'elle. Lui communiquait-elle sa langueur maussade ou était-il perturbé par autre chose ?

La jeune fille n'osa élucider la question, trop mal à l'aise dans son cœur pour s'aventurer à percer les mystères de celui du jeune homme.

A la nuit venue, après avoir visité les musées et exploré les quartiers pittoresques, Adam demanda à Barbara :

— Et maintenant, que faisons-nous ? Regagnons-nous l'*Amphitryon* ou dormons-nous à l'hôtel ?

Barbara eut peur. Dans les yeux de son ami, elle venait de lire comme une violence, une provocation. Choisir de dormir à l'hôtel semblait soudain vouloir dire, pour lui, qu'elle partagerait son lit.

« C'est ma faute, se dit-elle. Je l'ai bien mérité. Je lui ai laissé croire... »

Elle était au bord des larmes quand il déclara :

— Si tu n'y vois pas d'inconvénients, Barbara, je préfère rentrer à bord. Je suis si fatigué. Nous continuerons demain notre visite de l'île et, sans doute, serai-je plus en forme pour te faire passer de bons moments.

— Tu as raison. Rentrons, lui répondit-elle soulagée. Une nuit de repos nous fera le plus grand bien.

Adam ne se montra guère plus vaillant le lendemain. S'il s'efforçait d'être courtois et attentif envers son amie, il n'en paraissait pas moins lointain et mélancolique.

« Souffre-t-il à cause de moi ? se demanda Barbara, inquiète. Ressent-il la distance que je m'oblige à tenir par rapport à lui? A-t-il compris que ce n'était plus comme avant? »

Elle se promit d'être la plus douce et la plus compréhensive possible jusqu'à la fin du voyage.

Après, elle disparaîtrait sans laisser de traces. Au moins Adam garderait-il d'elle, à défaut d'autre chose, un souvenir aimable.

L'*Amphitryon* venait de lever l'ancre pour poursuivre sa route. Gary n'était toujours pas de retour à bord.

Après un dîner en tête à tête, Barbara et Adam se promenèrent sur le pont. Mélancoliques tous deux, ils avaient renoncé à aller danser au night-club avec les autres passagers. La nuit était claire et chaude. Le ciel étoilé invitait aux aveux, aux confidences.

Adam, le premier, engagea la discussion.

— Barbara, il est temps d'ouvrir les yeux sur l'avenir. Que comptes-tu faire lorsque nous serons de retour à Athènes?

— Eh bien... je retournerai à Paris pour y chercher du travail, répondit-elle hésitante.

En fait, en ce soir plus que jamais, demain lui apparaissait comme un immense inconnu. Et elle n'envisageait pas sans chagrin de reprendre l'avion vers son pays en laissant derrière elle la Grèce, son soleil, le souvenir de sa merveilleuse rencontre avec le père et le fils Wells.

— Pourquoi ne pas venir avec nous aux Etats-Unis, lui demanda alors Adam. Je t'aime beaucoup, Barbara. Je tiens à toi. Je suis encore trop jeune pour te demander de devenir ma femme. Mais, à la fin de mes études, nous pourrions envisager la vie ensemble.

— Adam, cher Adam, crois-moi, il est trop tôt

pour parler ainsi. Tu as vingt ans… A cet âge, le cœur fait des erreurs… Nous nous reverrons, sois-en sûr. Tu viendras me voir à Paris. J'irai te voir à New York. Et, dans quelques années, si tes sentiments pour moi n'ont pas changé, nous repenserons à ce beau projet.

— Il y a une chose que tu ignores Barbara, déclara-t-il avec gravité. Vois-tu, la vie n'est pas drôle pour moi aux Etats-Unis. L'idée de voir finir ces vacances m'angoisse sincèrement. Si tu savais combien je souffre de la solitude… Depuis mon plus jeune âge, j'ai toujours été placé au collège. Aujourd'hui encore, je vis seul dans un petit appartement du campus universitaire. Oh, certes, j'ai des amis, mais ils ne remplacent pas l'amour, la tendresse, le réconfort d'une famille.

— Mais ton père ? Tu sembles l'adorer et il te le rend bien.

— Oui, c'est vrai, j'aime sincèrement Gary. Hélas ! sa situation l'accapare beaucoup. Il voyage sans cesse, toujours pris dans des congrès, des entretiens, des conférences au sommet dans le monde entier. Sa présence, ses conseils, son soutien me manquent beaucoup. Nous ne nous voyons guère plus d'une dizaine de week-ends par an, et pendant les vacances… quand il peut se libérer ! Je ne lui en veux pas. Lorsque l'on a sa vocation et son talent pour la politique, on doit vraiment s'y donner au maximum. Moi-même, j'aimerais d'ailleurs entreprendre cette carrière…

— Mais… et ta mère ? osa l'interrompre Barbara, émue par les aveux du jeune homme.

— Maman nous a quittés lorsque j'avais six ans. Elle est partie avec un autre homme. Elle vit à présent en Europe, en Autriche, je crois. Elle s'est remariée deux fois depuis son divorce avec papa.

Aujourd'hui, je ne suis plus rien pour elle. Parfois, elle m'envoie une lettre, un cadeau, comme si elle se souvenait soudain de mon existence... Pour moi, c'est plus dur encore que de n'avoir aucune nouvelle. Je préférerais pouvoir l'oublier. Cela ferait moins mal, je crois.

— Comme j'étais loin de me douter que tu avais souffert ainsi.

— Tu comprends maintenant pourquoi j'ai tellement envie que tu ne m'abandonnes pas ?

Barbara était bouleversée. Elle ne savait que répondre à Adam. Elle ne savait que faire pour l'aider.

Elle réalisait, en outre, que le jeune homme ne l'aimait sans doute pas d'amour. Il avait besoin de la tendresse et de la chaleur d'une femme pour remplacer la mère qu'il n'avait pas eue. Avec sa maturité, sa sagesse, sa douceur, elle représentait cette épaule maternelle qui lui avait manqué et lui manquait encore.

Mais elle n'était pas celle qu'il épouserait un jour.

L'espace d'une seconde, Barbara pensa à Gary.

Si Adam ne l'aimait pas vraiment d'amour, n'avait-elle pas le droit d'aimer son père ?...

Non, il n'était pas fait pour elle et elle n'était pas faite pour lui. S'il lui avait parlé d'amour, ce n'était sans doute que pour égayer ses vacances du frisson troublant d'une aventure inattendue. Aujourd'hui même, à Athènes, replongé dans les affaires diplomatiques internationales, il ne pensait plus à elle.

Devait-elle pour autant abandonner Adam ?

Après tout, pourquoi ne déciderait-elle pas d'aller tenter sa chance en Amérique ? Elle parlait parfaitement anglais. Elle aurait autant de débouchés à New York, sinon plus, qu'à Paris. Personne ne l'attendait en France. Elle n'y avait plus aucune attache, si ce

116

n'est une grand-tante en parfaite santé qui ne verrait aucune objection à ce qu'elle aille chercher le bonheur à l'étranger.

Tout en réfléchissant, la jeune fille contemplait mélancoliquement la mer. A l'horizon, le ciel bas et lourd annonçait l'orage. La nuit sans lune se teintait d'inquiétantes lueurs indigo qui donnaient à la mer un éclat phosphorescent.

Barbara frissonna. Il faisait chaud, très chaud, mais un sentiment de fièvre s'était emparé d'elle. L'atmosphère orageuse exacerbait la confusion de ses pensées, qu'elle sentait gronder dans sa tête comme le tonnerre qui n'allait pas tarder à déchirer la brume.

Elle se sentait tentée soudain par l'Amérique. Subitement, la proposition d'Adam l'avait séduite. L'idée de tenter sa chance sur ce continent neuf, où les entreprises originales, le travail, l'ingéniosité étaient toujours récompensés, lui semblait soudain très stimulante et exitante.

Elle lui offrait, en outre, le moyen d'oublier tous les douloureux souvenirs qui la rattachaient à l'Europe.

Oui, mais c'était se déraciner. C'était quitter le pays où elle avait grandi, où elle avait tout appris. Et puis n'allait-elle pas donner l'impression de s'accrocher aux Wells, de vouloir profiter de leur renommée ? Car si elle partait vivre à New York, elle serait bien obligée de s'appuyer sur eux, ne serait-ce que pour trouver un logement, pour connaître la ville, cette cité des gratte-ciel que l'on disait pleine de charme pour ceux qui savaient s'y imposer, mais impitoyable pour les autres. Barbara, si modeste, si timide, si tourmentée aussi, saurait-elle s'y adapter ? Ne courait-elle pas à l'échec inévitable, en voulant se mesurer, elle petite Française inexpérimentée, avec ces géants new-yorkais de l'efficacité et de la productivité ? D'ailleurs, les robes qu'elle aimait créer correspondaient-elles aux goûts des Américaines ?

Elle n'eut pas le temps de répondre à toutes ces questions : Adam l'avait violemment saisie par les épaules. Elle sentit ses mains meurtrir sa chair et, dans ses yeux, elle lut une violence et une passion incontrôlables :

— Barbara, lui dit-il d'une voix rauque et vibrante, sois à moi ce soir. Aimons-nous jusqu'au bout. J'ai envie de toi. Je te désire. Viens, suis-moi, nous allons être amants.

La jeune fille écarquilla les yeux. Elle essaya de lire sur le visage d'Adam quelque chose qui lui ferait croire qu'elle s'était trompée, qu'il avait voulu plaisanter.

Non, les yeux d'Adam exprimaient un désir brutal, une force qu'elle n'aurait pu soupçonner.

Un frémissement d'angoisse s'empara de tout son être. Elle recula...

— Mais... C'est impossible... Adam, que me demandes-tu ? balbutia-t-elle, en proie à une peur inexpressible, Je ne peux pas. Tu dois comprendre. Que t'arrive-t-il, tu n'es plus le même. Je ne te reconnais pas...

Elle ne savait plus que dire, que faire. Elle espérait trouver les mots pour ne pas le blesser. Mais, en cet instant, il n'y avait plus moyen d'échapper. Le jeune homme l'avait prise dans ses bras, il la serrait avec une force dévastatrice. Il dévorait son corps de baisers si violents qu'ils devenaient morsures. Il lui fallait accepter, ou refuser à jamais.

— Non ! cria-t-elle. Non, je ne veux pas !

Ses paroles semblèrent toucher Adam comme le coup d'une épée. Son visage se figea. Il devint blême. Une grimace déforma ses traits, mais il ne dit rien. Il libéra brutalement le corps frissonnant de Barbara, la regarda une dernière fois droit dans les yeux, comme pour s'assurer de la vérité de sa décision. Et, sans un mot, calmement, il se détourna et s'en alla d'un pas lent.

La jeune fille le regarda s'éloigner avec, au fond du cœur, une profonde tristesse.

Elle venait de perdre son meilleur ami.

Mais que pouvait-elle faire ? Il était inutile de vouloir le rattraper, le consoler. Ce qu'elle avait vécu avec son père lui interdisait toute réconciliation. La destinée lui avait imposé un cruel dilemme.

Et la solution qu'elle avait été obligée de choisir était la plus tragique. Elle faisait trois malheureux : Adam, Gary et elle-même. Dans ce trio impossible personne n'avait trouvé la joie. C'était un lamentable échec dont Barbara se sentait la responsable.

Un éclair zébra l'horizon et obligea la jeune fille à sortir de sa torpeur morbide.

Elle reprit le chemin qu'avait suivi Adam, descendit la passerelle vers le pont inférieur et jeta un coup d'œil au bar, inquiète de la conduite qu'avait pu adopter le jeune homme après son violent refus.

Elle parcourut les salons, fit le tour du night-club, menée par un pressentiment instinctif qui lui faisait redouter ce qui pouvait se passer. Car si Adam s'était enfui dans sa cabine en pleurant, dix jours plus tôt, lorsqu'elle avait refusé son baiser, qu'allait-il faire aujourd'hui qu'elle avait définitivement refusé son amour ?

Elle ne le trouva pas et regagna sa cabine.

Lui téléphoner ? Que lui aurait-elle dit pour le consoler... Des phrases vides et vaines.

Mieux valait assumer la situation, même si elle était douloureuse.

Barbara ne put s'endormir. Malheureuse, torturée, un sentiment obscur lui faisait redouter qu'Adam supporte mal l'aveu cruel qu'elle venait de lui assener.

Vers minuit, dévorée d'angoisse, n'y tenant plus, elle essaya de lui téléphoner. Mais il ne répondit pas.

« Il devait se douter que c'était elle qui l'appelait et ne voulait sans doute pas en entendre plus sur son échec sentimental », pensa Barbara.

Aller le trouver dans sa cabine ? Il n'ouvrirait pas.

Il n'y avait rien à faire, hélas, qu'attendre le lendemain. Gary avait envoyé un télex pour annoncer son retour dans la soirée. Peut-être cela réconforterait-il Adam.

C'est alors qu'un éclair brutal déchira le ciel. La cabine de Barbara fut illuminée d'une lueur aveuglante.

La jeune fille se précipita au hublot. Dehors, une pluie diluvienne s'était mise à tomber. Le ciel semblait exploser de toute part et la mer soulevée par les rafales de vent venait gifler les flancs du puissant navire en de longues lames écumantes.

« La tempête ! » s'exclama Barbara. Elle se souvint d'un livre qu'elle avait lu récemment sur la Grèce. Elle y avait appris que, s'ils sont rares en mer Egée, les orages éclatent avec une force redoutable. La légende grecque racontait, d'ailleurs, que c'était le dieu Poséidon qui se mettait en colère et que, pour se venger des mortels désobéissants, il transformait la mer en sang.

Effectivement Barbara vit les vagues — comme habitées par la puissance céleste — devenir rouges, d'un rouge profond, lie-de-vin, et se gonfler sous l'effet de gigantesques pulsations.

Le paquebot, malgré sa stature imposante, s'était mis à tanguer. Un haut-parleur diffusa des avertissements aux passagers. La soirée dansante était interrompue ; tout le monde était prié de regagner sa cabine et, surtout, de ne pas rester sur le pont !

Le capitaine Andros lui-même prit la parole pour rassurer les passagers et leur dire qu'il n'y avait nul danger, à condition que les consignes de sécurité soient scrupuleusement respectées.

Barbara entendit des cavalcades affolées dans les couloirs. Des femmes apeurées poussaient des cris aigus tandis que les hommes, s'efforçant de garder leur sang-froid, essayaient de les réconforter.

Un petit tableau lumineux se mit à clignoter sur la table de nuit de Barbara. On pouvait y lire, comme sur un télex, les mesures à prendre dans la cabine pour éviter tout désagrément.

La jeune fille fut invitée à poser sur le sol tous les objets, lampes, bibelots dont l'équilibre était précaire. On lui conseilla de rester allongée et d'éteindre sa lumière. Aux personnes qui souffraient du mal de mer, des comprimés allaient être distribués. Il suffirait de téléphoner à l'infirmerie.

Après avoir obéi aux consignes, Barbara se glissa dans ses draps, bien plus angoissée qu'elle ne voulait se l'avouer.

Au fond, le déchaînement des éléments ne l'inquiétait pas vraiment, mais il amplifiait sa détresse intérieure, les soucis qu'elle se faisait pour Adam, pour ce qui allait se passer dans les jours à venir.

Les yeux grands ouverts, tous les sens en alerte, elle écoutait craquer le gros bateau qui subissait de bien violents assauts.

Les haut-parleurs continuaient de diffuser des avertissements et affirmaient avec insistance qu'il y avait un danger mortel à rester sur le pont.

Au comble de la nervosité et de l'anxiété, Barbara se surprit à invoquer Gary. S'il avait été là, lui si calme, si fort, si solide, tout serait allé mieux ! Mais à quoi bon l'appeler puisqu'elle s'était interdit de l'aimer.

Elle prit un somnifère. C'était la seule manière de ne pas passer une nuit d'enfer.

Vers trois heures du matin, elle s'endormit enfin.

Dehors, la tempête continuait ses ravages...

9

Lorsque Barbara s'éveilla le lendemain matin, la paix était revenue à bord. Le soleil brillait clair dans le ciel ; la mer était étale comme si rien ne s'était passé.

La première pensée de la jeune fille fut pour Adam, et, aussitôt, elle composa son numéro sur le cadran de l'interphone.

Ce n'est pas lui qui répondit. C'était une voix féminine au timbre feutré dans lequel se devinait de l'anxiété.

— Je suis Barbara Delsey, dit la jeune fille inquiète. Adam Wells est-il là ?

— Restez calme, mademoiselle... Nous devons vous apprendre une mauvaise nouvelle, répondit la voix. M. Wells a eu un accident cette nuit sur le pont... Mais ne quittez pas, je vous passe le capitaine Andros.

Barbara s'était mise à trembler, angoissée.

— Capitaine, capitaine, que se passe-t-il ? Vite, rassurez-moi. Il n'est pas mort ?

— Non, mademoiselle Delsey. Mais il est sévèrement blessé. Un matelot l'a retrouvé inanimé ce matin sur le pont. Nous ne comprenons pas ce qui a pu se passer. Il n'a pas suivi les consignes de sécurité. Il est resté dehors pendant la tempête. Une poutrelle s'est brisée sous la force du vent et est tombée en travers de son corps.

— Comment est-il? Souffre-t-il? A-t-il repris conscience?

— Il souffre d'une vilaine fracture de la jambe et il semble très choqué. Actuellement, il dort. Le médecin de bord lui a administré une piqûre de calmant. Nous attendons l'hélicoptère pour le transporter d'urgence à l'hôpital le plus proche, à Candie, en Crète.

— Mon Dieu!... gémit Barbara. Capitaine, je pars avec lui. Son père se trouve à Athènes, je ne sais pas où, mais il faut le prévenir d'urgence. Attendez-moi, j'arrive.

Elle s'habilla comme elle le put, arrachant aux cintres de son armoire les premiers vêtements venus. Et, comme une folle, elle se précipita au chevet d'Adam.

Elle se sentait responsable de tout ce qui était arrivé. Dans son désespoir, dans l'aveuglement du chagrin, le jeune homme avait dû errer sur le pont sans prêter attention aux consignes de sécurité... « Mais, c'était impossible, se dit brusquement Barbara, qui prenait conscience que les messages d'alarme n'avaient pas pu passer inaperçus. Ils avaient été répétés sans trêve tout au long de la tempête et nul n'avait pu ne pas les entendre. Et si Adam avait voulu mourir? S'il était resté volontairement exposé au danger de l'orage? Par sa faute, parce qu'elle l'avait repoussé. »

« Non! », cria-t-elle. « Non! » Les yeux embués de larmes, égarée par le chagrin, elle allait à tâtons le long des couloirs, se cognant aux murs, à la recherche de la cabine d'Adam.

Elle y arriva enfin et, essayant de retrouver un peu

de dignité par égard pour le blessé, pénétra dans la chambre où une infirmerie avait été improvisée.

Adam reposait sur son lit, le visage blême, les traits tirés par l'épreuve. On l'avait mis sous perfusion et le médecin du bord, aidé par deux infirmières, essayait de placer sa jambe brisée dans une attelle.

Le jeune homme dormait, mais le tic nerveux qui agitait parfois son visage laissait deviner que sa blessure devait être profonde et douloureuse.

— Est-ce grave, docteur ? demanda Barbara.

— Je ne peux pas me prononcer, mademoiselle. La radio montre des fractures multiples. Il va falloir l'opérer.

Le capitaine Andros la prit alors par le bras et l'entraîna à l'écart.

— Mademoiselle Delsey, je connais l'amitié qui vous lie à Adam. Puis-je me permettre de vous demander si vous avez passé la soirée avec lui hier au soir.

Confuse, bouleversée, Barbara avoua qu'elle l'avait quitté peu après le dîner, bien avant le début de l'orage.

— Adam vous avait-il semblé inquiet, tourmenté par quelque problème ? Voyez-vous, nous avons retrouvé une bouteille de whisky à moitié vide dans sa cabine. Je connais le jeune Wells. Son père, vous le savez, est une vieille relation. Il n'a pas l'habitude de boire. Il fallait donc qu'il ait voulu, hier au soir. oublier un souci, un chagrin dans l'alcool.

— Je l'avoue, capitaine, nous avions eu une petite dispute... Un malentendu entre nous, qu'Adam avait assez mal pris.

— C'est bien cela, dit le capitaine. Ce jeune inconscient était ivre. Il est allé sur le pont et, dans son état, il n'a pas dû comprendre ou percevoir les consignes. Ah ! cela est bien fâcheux... Mais ne vous tourmentez pas, chère mademoiselle Delsey, vous n'êtes nullement responsable de cet accident. Les jeunes gens ont parfois des idées si folles, si peu raisonnables.

Barbara pleurait à chaudes larmes et le capitaine, malgré sa gentillesse, ne parvenait pas à la calmer. Elle s'accusait du drame. Elle se reprochait de n'avoir pas compris qu'en rejetant Adam elle le blessait d'abord dans ses sentiments amoureux. Mais elle lui rappelait aussi la manière dont sa mère l'avait quitté et abandonné quand il était enfant. Oui, il était très ému en lui racontant les épreuves de sa jeunesse, hier au soir. Il était sincèrement malheureux en parlant de sa solitude à New York, de l'affection dont il avait été privé. Et voilà que Barbara, sur qui il croyait enfin pouvoir compter, l'avait à son tour délaissé !

C'était tout cela qui s'était mêlé dans son cœur et qui l'avait conduit à ce geste inconsidéré.

« J'ai fait preuve d'un dangereux manque de psychologie. J'ai été sèche, sotte, égoïste. Je n'ai pensé qu'à mes problèmes au lieu de me tourner vers ceux d'Adam, au lieu de chercher à l'aider ! » se répétait Barbara en regardant le beau visage blond si fatigué, si éprouvé.

— Allons, mon petit, ressaisissez-vous. Je vais vous faire porter une boisson chaude, lui dit le capitaine Andros. Ne vous laissez pas aller, essayez plutôt de m'aider à retrouver Gary. Où est-il ? Où peut-on le joindre ? En avez-vous une idée ?

— Hélas ! pas la moindre, répondit Barbara. Peut-être Aristophanos Erasis pourra-t-il vous renseigner. Gary est parti à l'improviste le lendemain de la soirée chez l'armateur. Il est probable qu'il y ait une relation entre son départ et les personnalités qu'il y a rencontrées.

Au fond de son cœur, Barbara n'était pas sûre que le père d'Adam soit réellement parti pour des raisons professionnelles. N'avait-il pas trouvé préférable, après ce qui s'était passé entre eux, de s'éloigner un peu ? Une pensée lui traversa soudain l'esprit. S'il se trouvait réellement à Athènes, Gary ne pouvait qu'être descendu au *Grand Hôtel,* là où ils s'étaient rencontrés pour la première fois.

Elle le dit au capitaine qui s'empressa d'aller donner les coups de téléphone nécessaires.

On vint bientôt annoncer l'arrivée de l'hélicoptère. Adam fut précautionneusement installé sur une civière et transporté vers l'appareil, où Barbara prit place à son côté.

Il ne reprit pas connaissance avant l'arrivée à l'hôpital. Durant tout le voyage, Barbara lui avait tenu la main, avide du moindre geste, du moindre signe de conscience. Mais le long corps du jeune homme était resté inerte et son visage figé dans un sommeil comateux.

Une équipe de médecins s'empara de lui dès la descente de l'appareil. Barbara fut priée d'aller attendre dans la salle destinée aux visiteurs, une pièce nue et peu accueillante, meublée de chaises en bois.

La chaleur était accablante et un ventilateur battait l'air de ses grandes pales maladroites, sans apporter la moindre fraîcheur.

Barbara se tourmentait. L'hôpital de Candie était-il suffisamment bien équipé pour opérer Adam ? Gary serait-il prévenu à temps ?

Elle resta trois longues heures à se ronger les sangs, parcourant la pièce de long en large. Dans le couloir, elle apercevait le ballet muet des infirmières, rapides et indifférentes à l'inquiétude qui la dévorait. Elle avait la gorge desséchée par la soif. L'odeur d'éther et de désinfectant lui donnait la nausée mais son anxiété lui faisait tout oublier.

On vint enfin la prévenir que le directeur de l'hôpital souhaitait lui parler.

Son pouls se mit à battre plus vite. Elle suivit l'infirmière jusqu'au bureau où un petit homme sec au visage soucieux l'invita à s'asseoir.

— Votre ami est gravement atteint. Son tibia a été écrasé par le poids de la poutrelle. L'opération va être longue, délicate et je ne vous cache pas que, même si tout se passe au mieux, le blessé peut ne pas retrouver le parfait usage de sa jambe.

— Que voulez-vous dire ? cria Barbara.

— Il risque de boiter.

— Définitivement ?...

— Oui, définitivement.

Le diagnostic porta un coup violent à la jeune fille. Elle crut qu'elle allait défaillir. Adam, si jeune, si beau... Il ne pouvait pas rester handicapé. C'était trop injuste !

Dans son désespoir et sa conscience coupable, elle se promit alors de ne jamais quitter Adam. Quoi qu'il arrive. Elle l'épouserait même, s'il voulait encore d'elle...

On reconduisit Barbara dans la salle d'attente. Comme un automate, elle but le verre d'eau qu'on lui tendit et se remit fébrilement à compter les minutes.

Qu'attendait-elle ?

On lui avait dit qu'Adam devait subir de nombreux examens en vue de l'opération qui se passerait le lendemain matin.

— Vous feriez mieux de prendre une chambre à

l'hôtel, lui avait dit le médecin-chef. Vous reviendrez demain. Vous n'êtes nullement utile à votre ami en restant ici. Au contraire. Vous vous usez les nerfs et vous serez épuisée lorsqu'il aura besoin de votre présence et de votre réconfort après l'intervention.

Mais Barbara ne pouvait s'éloigner du lieu où Adam était en train de souffrir. Elle voulait partager l'épreuve avec lui jusqu'au bout, dût-elle tomber d'épuisement sur la chaise de bois où elle était assise.

Elle resta ainsi jusqu'à la nuit. La fatigue, la peur, la faim aussi — elle n'avait rien pris depuis la veille au soir — faisaient danser devant son regard des papillons de lumière éblouissante. Et elle était obligée de se frotter les yeux pour distinguer à nouveau le tableau représentant un paysage accroché sur le mur blanc qui était en face d'elle et qu'elle regardait fixement pour rester rattachée à la réalité. Elle avait l'impression, en effet, de vivre un mauvais rêve. D'être victime d'une nouvelle et mystérieuse fatalité du destin qui, depuis des mois et des mois, semblait s'acharner sur elle avec une redoutable âpreté.

Vers 21 heures, un remue-ménage vint la sortir de sa torpeur.

Deux infirmières, trois internes, le directeur de l'hôpital et deux autres hommes dont elle ne distingua tout d'abord que les costumes sombres, qui tranchaient sur les blouses blanches du corps médical, venaient d'entrer dans la pièce. L'un des hommes en tenue de ville vint doucement vers elle.

En le reconnaissant, Barbara sentit son cœur flancher. Elle eut la force de se lever de la chaise où elle était restée prostrée.

— Gary..., murmura-t-elle. Elle s'effondra dans ses bras, au paroxysme de l'émotion. Pardon..., dit-elle dans un souffle avant de sombrer dans l'inconscience.

Barbara revint à elle quelques heures plus tard.

Elle était installée dans une chambre blanche, et, à son chevet, un médecin était en train de prendre son pouls.

— Que s'est-il passé? demanda-t-elle dans une semi-lucidité.

— Ne vous inquiétez pas. Votre ami est entre de bonnes mains. Son père est de retour et il a emmené avec lui le plus grand chirurgien-orthopédiste d'Athènes. Le jeune homme est actuellement sur la table d'opération et tout le monde est convaincu, à présent, qu'il s'en sortira sans dommage aucun. En revanche, nous nous faisons du souci pour vous. Votre tension est très faible. Votre état nerveux alarmant. Il vous faut être très raisonnable et vous reposer au maximum. Il est nécessaire de vous faire subir une petite cure de sommeil. Quelques jours seulement, ce ne sera rien. Soyez bien docile, ne pensez plus à rien, et d'ici peu vous aurez retrouvé la pleine forme. Tenez, dit encore le jeune docteur, M. Wells a laissé un message pour vous. Lisez-le... Ensuite je vous ferai votre piqûre.

Il lui tendit une feuille de papier pliée en quatre, sur laquelle Gary avait rapidement griffonné :

« *Courage. Ne craignez rien. Tout va bien pour Adam. Je vous aime... Non, je t'aime.* »

Le tutoiement qu'avait employé Gary émut la jeune fille au plus profond, au point que le médecin lui dit :

— Mais, mademoiselle, que se passe-t-il? Votre pouls maintenant bat la chamade...

130

Elle esquissa un mince sourire, lui tendit son bras et accepta sans broncher la piqûre qui la fit s'échapper dans le bienheureux réconfort d'un sommeil profond.

10

Lorsqu'elle revint de son voyage dans le néant, le premier mot de Barbara fut pour Adam.

— Comment va-t-il ? souffla-t-elle, la voix encore ensommeillée, à la jeune infirmière qui la veillait.

— Parfaitement bien, répondit cette dernière avec un franc sourire. Et elle ajouta : C'est même lui, à présent, qui se fait du souci pour vous.

— Est-ce que l'on est sûr que sa jambe redeviendra tout à fait normale ?

— Oui absolument. Le chirurgien qui l'a opéré est un grand spécialiste et il est certain du succès de l'opération. Le jeune Adam Wells aura un plâtre pendant trois mois mais ensuite il marchera comme avant.

— Quand pourrai-je le voir ? demanda-t-elle, timidement, encore étourdie par sa longue nuit.

— Un peu de patience, mademoiselle. Vous avez dormi pendant toute une semaine. Il faut maintenant vous réhabituer à la vie normale... Réapprendre à vous nourrir, à vous lever, retrouver le rythme des journées... En principe, si vous êtes raisonnable, le docteur vous autorisera à voir votre ami demain après-midi.

Barbara se sentait encore trop engourdie pour protester. Et, en fait, elle avait un peu peur de revoir Adam, de revoir Gary, de se retrouver confrontée à la terrible situation dont elle persistait à se sentir responsable.

Elle se souvint du message que lui avait fait porter Gary. Mais, au lieu de lui réchauffer le cœur, il la glaçait encore plus.

Elle avait tiré un trait pour toujours sur l'amour qu'il pouvait lui porter puisqu'elle avait juré de se consacrer à son fils. De devenir sa femme dès qu'il le souhaiterait.

Elle ne se demandait même pas si elle avait raison de se vouer à un homme qu'elle n'aimait pas d'amour. Elle ne songeait pas qu'en prenant cette décision elle ferait sans doute son malheur mais aussi celui d'Adam. Elle avait l'impression que le destin décidait pour elle, qu'il avait épargné Adam en échange de son sacrifice et que, maintenant, il fallait l'assumer.

Sur ces pensées, elle se rendormit. Comme si son inconscient avait préféré l'oubli...

Le lendemain matin, on vint lui livrer une superbe gerbe de roses accompagnée d'un bristol :

« *Revenez-nous vite. De la part d'Adam et Gary.* »

Alors, Barbara se dit qu'il était temps de refaire surface et d'affronter la réalité.

Elle se leva, se doucha, se coiffa. Son visage était pâle mais serein. Le repos forcé avait détendu ses traits, et si son corps était encore un peu engourdi, elle se sentait cependant légère et bien dans sa peau. Presque mieux qu'elle ne l'avait jamais été.

« Cette cure de sommeil aura sans doute contribué à apaiser l'anxiété qui ne m'avait pas quittée depuis la mort de maman et la rupture avec Jean-François », se dit-elle.

Car, même à bord de l'*Amphitryon,* elle n'avait pas réussi à se détendre pleinement, tant ses relations avec les Wells lui avaient posé de problèmes et de dilemmes.

« Espérons que tout sera plus simple désormais avec eux », conclut-elle, et elle appela une infirmière pour lui demander l'autorisation de se rendre auprès d'Adam.

— Ce n'est pas l'heure des visites, répondit celle-ci. Vous pourrez voir votre ami à partir de 14 heures. Sa chambre est au troisième étage, numéro 337, vous trouverez bien le chemin...

— Dois-je me faire annoncer ?

— Non, inutile. Le jeune homme est en pleine forme. Il ne reçoit plus de soins et refuse énergiquement de faire la sieste. Vous pouvez donc vous présenter auprès de lui quand vous le souhaiterez. En attendant, nous allons vous servir votre repas...

Il était 14 h 15, lorsque Barbara frappa à la porte d'Adam.

— Entrez ! lui cria une voix joyeuse.

Barbara s'arrêta net sur le seuil. Oh ! sa surprise ne venait pas du blessé, qui, en dépit de sa jambe plâtrée suspendue à une potence, semblait avoir retrouvé une parfaite santé...

Non, ce qui la fit hésiter, c'est qu'Adam n'était pas seul.

A son chevet, sur une chaise placée tout près de son lit, se trouvait... Stellia Erasis.

La jeune héritière était en train de sortir de son sac toutes sortes de petits paquets destinés au malade : friandises, livres, magazines et une grande boîte de jeu qui ressemblait au jacquet.

— Chère Barbara, entre, voyons ! lança Adam. Je suis si heureux de te voir. Comment vas-tu ? Comme je m'en veux de t'avoir créé autant de soucis.

La jeune fille s'approcha, serra la main de Stellia toute rougissante. Sans doute un peu confuse de se trouver là. Puis elle embrassa Adam sur les deux joues.

— Quel soulagement de voir que tu vas mieux, lui dit-elle. Ne souffres-tu pas trop de ta jambe ?

— Pas le moins du monde ! Avec le plâtre qu'ils m'ont mis, je pourrais recevoir une autre poutrelle sans rien sentir, ironisa-t-il.

Barbara eut un petit pincement au cœur en l'entendant plaisanter avec autant de légèreté sur ce qui s'était passé la nuit de l'accident. Mais elle attribua cela à l'euphorie de la convalescence, à la joie d'être passé si près du drame et d'en être sorti indemne.

— Viens, installe-toi. Regarde, viens goûter toutes les bonnes choses que Stellia m'a apportées. Elle me gâte, tu sais. Tous les jours, elle me gave de chocolat, de pâte d'amande et de pâtisseries grecques.

« Tous les jours ? » Stellia était donc accourue auprès d'Adam dès qu'elle avait appris ce qui s'était passé ? Et tandis que Barbara dormait dans une chambre voisine, c'est elle qui apprenait au jeune homme à retrouver goût à la vie...

« Après tout, tant mieux », se dit Barbara qui ne pouvait s'empêcher de se sentir un peu évincée, oubliée.

Elle fit contre mauvaise fortune bon cœur et

s'efforça de se montrer réjouie pour être à l'unisson des deux jeunes gens.

Apparemment, Adam semblait peu désireux de parler des raisons profondes qui l'avaient conduit sur un lit d'hôpital. Et, de toute manière, la présence de Stellia Erasis empêchait toute conversation intime.

Comme si elle avait deviné ce qui se passait dans la tête de Barbara, la jeune héritière déclara soudain avec la gentillesse dont elle ne se départait pas :

— Eh bien, à présent Adam, tu ne m'en voudras pas si je te laisse. J'ai une visite à faire à une de mes vieilles tantes qui est crétoise. Depuis une semaine que je suis ici, je n'ai pas encore trouvé le temps d'aller lui dire bonjour. Si papa savait cela, il me gronderait, ajouta-t-elle en riant.

— Quand reviens-tu ? demanda Adam qui n'avait pas caché une ombre de déception.

— Demain, si tu veux, sourit Stellia. Mais vous êtes bien exigeant, monsieur, plaisanta-t-elle. Vous êtes comme le Roi-Soleil, il vous faut toute une cour au pied de votre lit. Barbara est auprès de toi, ton père va bientôt arriver. J'ai même entendu dire que la belle Elsa Blank allait venir te rendre visite... Que veux-tu de plus ?

— O.K., file, Stellia ! Et ne te moque pas de moi, sinon gare à toi ! Il se dressa dans son lit et menaça la jeune fille d'une de ses béquilles qui se trouvaient près de son lit.

Ils éclatèrent de rire comme deux gosses tandis que Barbara, un peu à l'écart, souriait mélancoliquement, étrangère à leurs jeux et à leurs farces.

— ... N'oublie pas que tu me dois ma revanche au back-gammon ! hurla Adam à l'adresse de Stellia qui venait de disparaître derrière la porte.

Après quoi, il retomba sur son oreiller, un peu fatigué, et se tourna vers Barbara.

— Viens plus près de moi, lui dit-il, je dois te demander pardon.

— Non, Adam, c'est moi qui te demande pardon. Tout est ma faute...

— Ecoute, ne reparlons plus jamais de ce qui vient de se passer. Regardons plutôt vers l'avenir. Nous avons voulu aller trop vite et forcer nos sentiments. Ça n'a servi à rien qu'à nous faire souffrir tous les deux. Oublions et recommençons tout à zéro.

— Tu as raison. C'est la solution la plus sage.

Il lui prit la main et la serra très fort. Elle répondit de tout son cœur à ce geste de tendresse, et, pendant un long instant, ils se sentirent unis par quelque chose de fort et de neuf, qui ne portait peut-être plus le nom d'amour-passion, mais celui d'amour-amitié.

— As-tu repensé à la proposition que je t'ai faite de venir t'installer à New York ? lui demanda alors le jeune homme.

— Oui, j'y ai beaucoup pensé, et au fond cela me plairait bien, mais...

— Je sais ce que tu vas me dire. Tu as peur de t'imposer, de nous déranger Gary et moi ? Eh bien je vais te rassurer, tes scrupules sont ceux de la vieille bourgeoisie française. En Amérique, on n'est pas comme cela ! Les gens s'entraident et se soutiennent sans esprit de classe. Riches ou pauvres, célèbres ou inconnus, la société donne sa chance à tous ceux qui veulent s'y faire une place. Nous sommes un pays neuf, ne l'oublie pas... et lorsqu'ils ont débarqué sur le sol américain, nos lointains ancêtres étaient tous égaux. Ils ne possédaient rien qu'une seule chose : la débrouillardise ! Toi aussi tu réussiras si tu le désires vraiment. Et ne va pas croire que la situation de Gary y sera pour quelque chose. Aux Etats-Unis, le « piston » n'existe pas. On juge

137

les gens sur ce qu'ils font, pas sur les relations qu'ils ont.

Barbara se sentait profondément réconfortée par le discours que venait de lui tenir Adam. Mais elle ne pouvait s'empêcher de croire qu'il parlait avec sa jeunesse, avec la générosité un peu aveugle des étudiants qui n'ont pas encore eu à faire leurs preuves dans la société, qui se figurent que le monde et l'avenir sont à eux. A l'image de leurs rêves et de leurs désirs !

Gary, lui, n'avait peut-être pas la même vision des choses que son fils.

— Tu te tourmentes encore Barbara, lui dit Adam. Tu penses à Gary, n'est-ce pas ?... Eh bien, pour te dire la vérité, je lui ai parlé de ce projet. Il trouve l'idée si excellente que c'est lui qui m'a soufflé tous les arguments que je viens de te donner. Il était sûr que tu refuserais à cause de ta droiture, de ta délicatesse envers autrui, et il m'a donné les moyens de mieux te convaincre. Il m'a même prié de te dire la joie personnelle qu'il aurait à te faire connaître et découvrir notre pays. D'ailleurs, il va arriver d'une minute à l'autre, il te le confirmera.

La perspective de se trouver face à celui qu'elle avait quitté dix jours plus tôt après un baiser brûlant sur la petite crique de l'île de Kiros vint balayer tout son être d'une vague de fièvre. Elle avait peur. Peur de laisser voir que malgré toute sa volonté elle n'avait rien oublié de la volupté qu'ils avaient partagée au cœur de la nuit, sous la vertigineuse splendeur du ciel étoilé.

« Nous ne pouvons rien à ce qui nous arrive. Cela s'appelle l'amour... » Les mots qu'avait prononcés Gary lui revinrent à l'esprit.

Elle comprenait aujourd'hui ce qu'il avait voulu dire. Comment parviendrait-elle à étouffer en elle l'élan fougueux qui la poussait vers lui et qu'elle avait juré de ne jamais plus laisser deviner. Pourrait-elle vivre à ses côtés en Amérique en étant la proie de cette passion secrète qui dévorerait son cœur au fil des jours ? Non, c'était impossible. Elle ne pouvait répondre à la proposition des Wells. Il lui fallait rentrer en France. C'était le seul moyen d'anéantir cet amour interdit.

— Combien de temps resteras-tu encore à l'hôpital ? demanda-t-elle à Adam pour rompre le silence.

— En principe, on m'a promis de me laisser sortir d'ici à trois jours. Ensuite, bien sûr, j'aurai une longue période de convalescence. Mon plâtre ne sera pas ôté avant deux mois.

Un coup joyeux fut frappé à la porte. C'était Gary et, heureuse surprise, Aristophanos Erasis l'accompagnait.

Barbara remercia la Providence de lui avoir évité l'inopportunité de se retrouver en tête à tête avec Adam et Gary.

L'exubérante présence du milliardaire grec qui arrivait les bras remplis de cadeaux ferait la plus parfaite diversion !

— Barbara, je suis heureux de vous voir rétablie, dit sobrement Gary. Merci d'avoir accompagné Adam ici et de vous être occupée de tout en mon absence.

La jeune fille baissa les yeux et répondit par une banale phrase de politesse.

Gary savait-il que son refus de se donner à Adam était à l'origine de l'accident du jeune homme ? Sans doute pas avec précision, mais, à son regard profond, Barbara comprit qu'il avait deviné l'essentiel.

Erasis l'embrassa chaleureusement sur les deux joues avec une gentillesse qui lui alla droit au cœur.

Avec ce profond sens de l'amitié qu'ont les Grecs,

Barbara était devenue une amie pour lui puisqu'elle était l'amie de ses amis. Et il ne l'avait pas oubliée dans ses cadeaux, elle qui n'était pourtant qu'une étrangère.

Il lui remit une merveilleuse tunique de soie brodée dont la jeune fille soupçonna que c'était Stellia qui l'avait choisie. Stellia qui connaissait son goût pour les étoffes rares et précieuses, Stellia à qui elle avait parlé de sa vocation le soir de son anniversaire...

— J'ai une merveilleuse idée, déclara alors le milliardaire à l'intention d'Adam et de la jeune fille. Pourquoi ne viendriez-vous pas tous à Kiros pour achever votre convalescence ? Ma maison est la vôtre. Stellia et moi serons heureux de vous y accueillir aussi longtemps qu'il vous plaira. Le soleil, la mer, la bonne cuisine de ma vieille gouvernante Destina, avouez que vous aurez tout pour être heureux...

— Formidable ! s'écria Adam. Vous êtes vraiment un type en or, Aristophanos ! Tu es d'accord, n'est-ce pas, Barbara ?

— Mais oui, elle est d'accord, trancha l'armateur. Je sais très bien que Barbara n'est pas attendue à Paris. Quant à ses merveilleux projets, elle aura le temps de les mûrir sur Kiros. Je suis même sûr qu'elle trouvera là-bas de nouvelles sources d'inspiration. Nous lui installerons une table de travail dans la serre, au milieu des fleurs, des orangers et des citronniers.

A cette évocation, Barbara ne put que se sentir charmée. Ce séjour sur l'île d'Erasis lui permettrait d'y voir plus clair sur la décision qu'elle avait à prendre pour son avenir. Puisque le milliardaire semblait sincèrement heureux de les recevoir, cet intermède serait une manière heureuse de se remet-

140

tre des émotions récentes et de reprendre pied dans la vie normale.

— Eh bien, j'accepte volontiers, dit Barbara.

Elle était heureuse, d'un réel bonheur qu'elle n'avait pas ressenti depuis bien longtemps. Pour la première fois, elle acceptait de vivre au jour le jour, de recevoir les joies comme elles venaient, sans se faire mille tourments sur ce qui se passerait après...

11

Gary avait décidé de rester une semaine auprès des jeunes gens sur le paradis de son ami Erasis.

Pendant qu'Adam et Barbara terminaient leur séjour à l'hôpital, il s'était occupé de faire revenir leurs malles de l'*Amphitryon*. Ainsi, lorsqu'ils arrivèrent à Kiros, dans l'hélicoptère que leur avait dépêché le milliardaire, tout était prêt pour les recevoir dans la joie et le confort.

Barbara était logée dans un ravissant bungalow indépendant au bord de l'eau. Quant à Adam, il était installé non loin de là, dans la maison d'hôte qu'il partageait pour quelques jours avec son père Gary.

Un dîner familial fut organisé à l'occasion de l'arrivée des deux convalescents. Sous la treille, sur la terrasse de la merveilleuse villa d'Erasis, la gentille Destina, la vieille Grecque qui dirigeait la maison, avait préparé un merveilleux barbecue : un mouton entier dorait sur la broche tandis qu'une immense table de hors-d'œuvre frais et appétissants faisait patienter les gourmands.

Adam et Barbara avaient les places d'honneur. Stellia avait invité quelques amis, mais n'avait d'égards que pour son voisin de droite, dont le pied plâtré trônait sur un tabouret garni de coussins. Gary se trouvait face à Barbara, et, à plusieurs reprises au cours du festin, il chercha à rencontrer le clair de ses yeux verts. Mais la jeune fille n'osait l'affronter et détournait pudiquement ses regards, de crainte que son cœur n'exprime un peu trop fort ce qu'elle ne pouvait s'empêcher d'éprouver pour lui.

On se coucha tôt. Le handicap d'Adam, qui se déplaçait encore à grand-peine avec ses béquilles, empêchait toute réjouissance tardive. Personne d'ailleurs ne sembla s'en plaindre, excepté Stellia qui proposa un tournoi de back-gammon sans éveiller le moindre écho.

Même Gary, en dépit de son intérêt pour le jeu et la vie nocturne, préféra rejoindre sa chambre.

Le lendemain matin, Barbara se remit au travail. Aristophanos Erasis avait bien fait les choses. Un bureau superbe était installé à son intention dans un recoin verdoyant de la serre. Le murmure des jets d'eau invitait à de fraîches rêveries. Les joyeuses couleurs alentour offraient de nombreux motifs d'inspiration à l'esprit créatif. La jeune fille dessina jusqu'à l'heure du déjeuner. Et comme elle était trop absorbée pour entendre la cloche qui appelait les convives autour de la table, c'est le maître des lieux qui vint lui-même la chercher.

— Vos modèles sont superbes ! s'exclama-t-il en apercevant les croquis de Barbara étalés sur la table. Stellia m'avait parlé de vos idées avec enthousiasme, mais je ne m'attendais pas à une telle classe et à une si grande personnalité. Oui, vraiment, ces toilettes sont magnifiques. Cela m'intéresse... Vous n'êtes pas sans savoir que je possède la majorité des actions de l'une des plus grandes maisons de couture américaines. Aussi, parlons franc, Barbara, cherchez-vous à faire commercialiser vos modèles ?

— Bien sûr, monsieur. C'est même mon plus grand souhait. Ma mère s'est éteinte juste au moment où j'allais me lancer dans le monde de la mode. J'ai été si ébranlée par sa mort que j'ai tout abandonné. Il me faut aujourd'hui recommencer à chercher des débouchés...

— Suis-je indiscret en vous demandant ce que vous aviez l'intention de faire à la fin de ces vacances ?

— Frapper aux portes des couturiers et leur vendre si possible quelques-uns de mes modèles.

— Vous n'avez jamais pensé à monter votre propre maison de couture ?

Barbara sourit mélancoliquement,

— Hélas, non ! Je suis sans fortune. Je n'ai pas les moindres capitaux pour créer une affaire.

— Ecoutez... Confiez-moi vos dessins. J'aimerais les montrer à des personnes compétentes. Je ne vous promets rien, mais il n'est jamais inutile de demander l'avis d'autrui. Je vais à Athènes demain. Je chargerai un de mes hommes d'affaires de faire connaître votre travail à New York. Nous verrons bien...

— Vraiment ? Vous parlez sérieusement ? dit la jeune fille éberluée par cette chance inespérée.

— Je ne suis pas expert, Barbara. Mais j'ai remarqué, dès le premier soir où je vous ai vue, la grande beauté de votre visage et l'art de votre toilette. J'ai eu la confirmation de votre extrême bon goût en vous revoyant par la suite. Aujourd'hui j'achève d'être conquis par ce que j'ai sous les yeux. Vous savez, je suis un commerçant, rien de plus, et mon sens du commerce me dicte que vous avez une mine d'or entre les doigts. Peut-être est-ce que je me trompe. Mais l'espoir est permis...

Une lumière d'enthousiasme brillait dans les yeux de la jeune fille. Elle réunit fébrilement ses meilleurs dessins, les rangea dans une enveloppe et les remit à son hôte. Après quoi, elle le suivit pour aller déjeuner.

Dans les jours qui suivirent, l'armateur ne reparla plus à Barbara de ce qu'il était advenu de ses croquis.

Profondément déçue sans rien en laisser paraître, elle se disait qu'il avait dû les oublier dans un coin, occupé par d'autres affaires plus urgentes et surtout plus importantes.

Adam et Stellia étaient devenus inséparables. Ils disputaient à longueur de journée d'interminables parties de back-gammon, la seule activité qui puisse distraire le jeune homme condamné à rester quasi immobile avec sa jambe plâtrée.

Barbara leur tenait souvent compagnie sous la tonnelle où ils aimaient s'installer. Mais, curieusement, elle avait l'impression d'être en trop, de les troubler dans leurs discussions animées. Comme s'ils n'osaient en sa présence parler de tous les sujets qui leur tenaient à cœur : les derniers groupes de rock à la mode, les nouvelles idées en vogue dans leurs universités, les films qu'ils avaient admirés.

En vérité, Barbara se sentait vieille auprès d'eux. Trop mûre, préoccupée par des problèmes vitaux alors qu'ils ne songeaient qu'à se distraire.

« Je n'avais pas tort en pensant qu'Adam ne m'aimait pas d'amour, se dit-elle bientôt. Je n'avais pas tort non plus en constatant, le soir de l'anniversaire de Stellia, qu'ils étaient faits l'un pour l'autre. »

Après tout, c'était mieux ainsi. Elle n'aurait sans doute jamais pu rendre Adam heureux puisqu'elle non plus ne l'aimait pas.

En dépit de l'attitude du jeune homme, qu'elle sentait de plus en plus attiré vers la fille d'Erasis, Barbara gardait ses distances par rapport à Gary. Bien que son cœur lui criât chaque jour un peu plus qu'elle l'aimait plus que tout, elle le fuyait comme si elle avait honte de n'avoir su l'élire, lui, comme le seul, l'unique objet de sa passion.

Que n'avait-elle su deviner dès le premier soir qu'Adam était un merveilleux camarade mais non pas l'homme sur qui elle pouvait compter, contre lequel elle avait envie de s'abandonner.

Cette erreur de jugement avait faussé leurs relations à jamais, estimait-elle. Et le fait qu'Adam ait failli en mourir, même indirectement, achevait de les rendre impossible.

Gary respectait son attitude. Il ne faisait rien pour l'attirer vers lui. Il lui avait dit et fait comprendre à plusieurs reprises qu'il l'aimait. A elle maintenant de décider.

Mais l'aimait-il vraiment ? se demandait Barbara. Elle était loin d'en être sûre. Peu à peu, au fil des jours, dans son manque de confiance en elle-même, elle en arrivait à croire que Gary s'était détaché d'elle. « Sans doute s'est-il rendu compte qu'il s'était trompé en m'accordant une place dans son cœur, se disait-elle. A présent, il ne m'aime plus lui non plus. C'est la raison de ses fuites. Hier encore, alors que nous allions nous trouver en tête à tête, il a trouvé un prétexte futile pour s'éclipser. »

Elle oubliait de s'avouer que Gary avait désespérément cherché son regard pour lui faire comprendre la profondeur de son désir, de son ardeur, mais qu'elle avait obstinément gardé les yeux baissés tant elle avait peur... peur que sa passion pour lui n'éclate aux yeux de tous.

Il faut dire aussi que la jeune fille se sentait étrangement abandonnée sur l'île de Kiros.

Adam s'amusait mieux avec Stellia qu'avec elle. Erasis avait oublié jusqu'à l'existence de ses dessins. Quant à Gary, il passait le plus clair de son temps à travailler dans sa chambre.

A qui était-elle utile, agréable?

A personne.

Ne valait-il donc pas mieux partir, inventer un quelconque prétexte pour regagner la France et ne plus s'imposer?

Une discussion avec Elsa Blank, qui venait de débarquer sur l'île avec un groupe d'amis, acheva de l'en convaincre.

Un après-midi qu'elles se trouvaient toutes deux sur la plage pour prendre un bain de soleil, les deux jeunes femmes en vinrent à échanger quelques propos.

Si Barbara persistait à peu apprécier l'orgueilleuse Elsa, celle-ci en était venue à détester la jeune Française.

Elle n'avait d'ailleurs pas caché, en arrivant à Kiros, son déplaisir à y trouver Barbara, cette passagère qu'elle avait trouvé par trop encombrante à bord de l'*Amphitryon* et qui devenait franchement nuisible à ses plans dans la propriété d'Erasis.

Aussi lui déclara-t-elle brutalement, cet après-midi-là, qu'elle trouvait sa présence déplacée.

— Vous vous incrustez, ma chère, dit-elle à Barbara. Que faites-vous ici au juste? Vous semblez être attirée par les milliards, un point c'est tout. Après avoir cherché à séduire Adam et son père, c'est au portefeuille d'Erasis que vous en voulez à présent.

Dégoûtée par cette manière basse et vulgaire que l'Américaine avait choisie pour l'humilier, Barbara ne chercha pas même à se disculper.

Les yeux pleins de larmes, elle courut vers son bungalow où elle s'empressa de faire ses bagages.

Elle pleura tout son soûl en amoncelant pêle-mêle dans ses valises tous ses vêtements et objets personnels. Mais lorsqu'elle eut fini de tout rassembler, ses yeux étaient secs et son cœur décidé.

Elle ne resterait pas une journée de plus sur cette île. Après tout, ce que pensait Elsa était peut-être le reflet de l'opinion de chacun.

Il ne lui restait maintenant qu'à prendre congé avec dignité, sans rien laisser deviner des ignominieuses calomnies qui la forçaient à disparaître.

Barbara se recoiffa et se recomposa un visage. Elle tenait à être maîtresse d'elle-même pour dire adieu à ceux qu'elle avait pris, peut-être à tort, pour ses amis.

Elle alla tout d'abord trouver Adam.

Il se trouvait sur la plage, allongé sur un matelas, tout près de Stellia. Les deux jeunes gens se chuchotaient quelques-unes de leurs blagues favorites et riaient allègrement en prenant le soleil.

Barbara se sentit gênée de troubler leur naïve intimité. Il le fallait pourtant. Elle s'approcha.

— Chère Barbara. Te voilà enfin, dit joyeusement Adam. Où étais-tu passée ?

— Je me reposais dans ma chambre, répondit-elle désappointée par son ton de franche gentillesse.

Stellia dut sentir dans son regard que quelque chose n'allait pas puisqu'elle se leva et dit avec une certaine maladresse :

— Si vous permettez, je vous laisse. J'ai un coup de téléphone à passer... Je reviendrai dans un moment.

La jeune fille partie, Barbara s'installa près du convalescent et, le regardant droit dans les yeux, déclara :

— Il faut que nous parlions, Adam.

— Si tu veux, mais de quoi ?

— De nous, répliqua-t-elle avec un sourire timide. Je crois que pour l'instant tu n'as plus besoin de moi. Stellia est une fille formidable. Elle est prête à s'occuper de toi avec beaucoup de tendresse, d'amitié, peut-être même plus... d'amour. Je pense que tu l'aimes beaucoup toi aussi. Alors j'espère que tu ne m'en voudras pas si je retourne en France pour quelque temps. Un télégramme de ma grand-tante... Elle baissa les yeux pour dissimuler son mensonge. Un télégramme me rappelle à Paris. Je dois partir...

Adam avait-il compris ? Son visage se fit grave. Il prit la main de son amie et la serra très fort.

— Fais ce que tu dois, lui dit-il. Mais ta douceur, ta chaleur me manqueront.

Barbara était émue et, soudain, elle se rendit compte qu'elle avait tort de tricher.

Adam, peut-être sans le savoir très bien encore, était amoureux de Stellia et Stellia était amoureuse de lui. Elle devait rendre leur amour possible en libérant le jeune homme des liens qu'il avait encore avec elle. Aussi avoua-t-elle :

— Tu sais, Adam, je ne reviendrai plus. J'ai compris que tu ne m'aimais pas d'amour. Je représente quelque chose d'autre pour toi. Sans doute éprouves-tu pour moi un sentiment sincère, une affection à laquelle je crois et à laquelle je réponds de tout mon cœur. Mais en parlant de mariage, même pour plus tard, nous nous étions trompés... ne crois-tu pas ?

— Si, tu as raison, Barbara, et je te remercie de me l'avoir fait comprendre, dit alors Adam en éclatant en sanglots. Me pardonneras-tu tout ce que je t'ai fait subir en voulant à tout prix t'avoir à moi, tout à moi ?

— Je te pardonne, Adam. Et je souhaite que tu me pardonnes toi aussi de ne pas avoir senti plus tôt que nous n'étions pas faits pour être amants.

Il la prit chaleureusement dans ses bras et pleura sur son épaule.

— Maman m'a tellement manqué quand j'étais enfant. Tu sais, je ne te l'ai pas dit, mais c'est avec elle que nous avions rendez-vous, Gary et moi, le soir où tu as eu un malaise chez l'artisan de Sifnos. C'est la raison pour laquelle je n'ai pu te raccompagner à bord. Ma mère était en vacances dans l'île. Cela faisait huit ans que je ne l'avais pas vue. Et lorsque nous nous sommes retrouvés, elle m'a traité comme un étranger. Comme une relation mondaine. Je n'ai rien voulu montrer, mais ça m'a fait mal. Et si j'ai souhaité, le soir de la tempête, t'avoir tout à moi, c'est un peu pour la remplacer elle, je le comprends clairement à présent.

— Je m'en étais presque douté, Adam, répondit Barbara. Mais, maintenant, tout est clair entre nous. Restons grands et bons amis. A jamais. Promettons-nous de nous revoir, de nous écrire, mais rendons-nous notre liberté. D'accord ?

— D'accord.

Et il la serra très fort contre lui.

Restait maintenant à avertir Gary et Erasis de son départ imminent.

Barbara n'avait oublié qu'une chose. Sans l'hélicoptère du maître des lieux, elle ne pouvait quitter l'île pour rejoindre l'aéroport de Rhodes. Or, l'armateur était parti à Athènes à bord de son appareil.

Il ne rentrerait qu'à la nuit venue, lui apprit sa secrétaire.

La jeune fille n'avait donc qu'un seule chose à faire : attendre son retour.

Assisterait-elle au grand dîner prévu pour le soir à l'occasion de la Pâque orthodoxe que l'on fêtait sur Kiros dans la tradition d'autrefois ?

Elsa Blank y assisterait et sa présence à elle seule répugnait à la jeune fille. Il n'empêche que, par égard pour son hôte et sa fille, elle se devait d'y participer et d'y faire bonne figure.

Aussi, après avoir quitté Adam, Barbara retourna-t-elle dans sa chambre et s'efforça-t-elle de remettre en état une de ses robes du soir qu'elle avait jetées en boule au fond d'un de ses sacs de voyage.

La première qu'elle en sortit était sans doute la plus belle qu'elle eût jamais créée. C'était une vaporeuse tunique de mousseline blanche brodée de perles, dont le flou romantique donnait à son visage une pureté et un éclat étonnant. L'onde limpide de ses yeux verts, mise en valeur par l'étoffe translucide, illuminait ses traits et leur donnait une beauté intense, un charme indéfinissable, comme surnaturel.

Elle pensa à Gary, à l'homme qu'elle aimait et auquel elle renoncerait ce soir pour toujours.

C'était un peu pour lui qu'elle se faisait belle, pour que ce dîner soit comme le couronnement de leur amour à peine ébauché et déjà irrémédiablement condamné.

Oui, dans un dernier sursaut de fierté, Barbara voulait partir admirée. Personne ne saurait rien de sa détresse, de ses faiblesses, de son chagrin.

Lorsqu'elle se présenta dans la longue salle à manger de marbre blanc et noir où était dressée la table de la fête, elle était si belle qu'un grand silence se fit sur son passage.

C'est Adam qui vint vers elle pour la conduire jusqu'à sa place. En face d'elle, Gary, le visage tourmenté, semblait animé d'une fièvre et d'une nervosité qui lui étaient peu coutumières. Il la regarda droit dans les yeux, mais elle ne voulut y lire qu'un message d'adieu.

Sans doute Adam lui avait-il fait part de son prochain départ.

Elsa Blank, vêtue d'un époustouflant fourreau de satin rouge vif, s'empressa d'ailleurs de l'accaparer.

Le dîner allait commencer. On n'attendait plus qu'Erasis qui avait fait annoncer son retour incessant d'Athènes. L'armateur avait pris du retard lors de son voyage sur le continent, mais il avait prié ses invités de patienter un peu. Il ramenait une bonne nouvelle, avait-il déclaré par téléphone à Stellia, et il tenait à l'annoncer à tous au début du dîner.

Le vrombissement du moteur d'un hélicoptère annonça bientôt son arrivée.

Les bouchons de champagne se mirent à sauter et le maître de maison fit son entrée sous les bravos et dans la joie générale.

— Mes amis, leur dit-il, cette soirée est une belle fête pour nous les Grecs orthodoxes. Une fête annonciatrice de bonheur, de joie et d'espoir. Or, elle sera d'autant plus heureuse que je rapporte d'Athènes un document qui fera plaisir à quelqu'un que nous aimons tous beaucoup. Vais-je vous le révéler maintenant ou attendons-nous le dessert pour faire durer le suspens ?...

— Papa, murmura alors la petite voix de Stellia. Moi aussi, enfin Adam et moi avons aussi une bonne

152

nouvelle à annoncer à tous. Nous permets-tu de parler sans attendre ?

— Ma Stellia, qu'as-tu donc à me dire ? demanda l'armateur, surpris et touché par la confusion de sa fille.

— Eh bien... Adam et moi, moi et Adam... avons décidé... de nous fiancer ! lança-t-elle enfin dans un élan de joie.

— Bénédiction ! Bonheur suprême ! hurla le vieil homme. Mes enfants chéris, venez ici que je vous embrasse et que je vous bénisse.

Tandis que tout le monde applaudissait à tout rompre, Barbara, profondément émue, se félicitait d'avoir su faire comprendre à Adam, ce matin même, qu'entre eux il n'y aurait plus que de l'amitié désormais.

Devant les deux jeunes gens radieux, elle aurait presque versé une larme, comme une mère, cette mère qu'elle avait un peu été pour Adam. Et elle était fière d'avoir deviné la première que la fille de l'armateur et le fils du célèbre diplomate américain feraient un couple délicieux.

C'est alors que Gary prit la parole.

— Puisque c'est la journée des bonnes nouvelles, moi aussi j'en ai une à vous annoncer, déclara-t-il avec ce sourire charmant qui n'appartenait qu'à lui et qui venait de lui revenir.

— Je ne me fiance pas, moi, poursuivit-il, je me marie !

La plus grande surprise se lut sur le visage des convives... et particulièrement sur celui d'Adam.

Quant à Barbara, quelque chose dans son cœur venait de se déchirer. Une douleur lancinante se mit à marteler ses tempes. Elle tourna les yeux vers Elsa Blank et, en constatant le large sourire qu'affichait la milliardaire, elle n'eut plus aucun doute sur celle que Gary avait choisie pour femme.

— Félicitations, papa, dit alors Adam, éberlué. Ton remariage était un espoir que je nourrissais depuis longtemps. Je t'en voulais même de ne pas t'être décidé plus tôt... Mais qui sera celle que j'ai si fort souhaité depuis ma plus tendre enfance ?

— Celle que j'aime de tout mon cœur est présente parmi nous, dit Gary avec gravité.

Barbara serra les poings. Elle regarda de nouveau le visage radieux de la splendide Elsa. Et soudain Gary annonça :

— Je demande solennellement, devant vous tous ici présents, la main de Barbara Delsey. Si elle le veut aussi fort que je le souhaite.

Le sang se mit à bourdonner aux oreilles de la jeune fille. Elle porta la main à sa poitrine. Elle avait mal entendu, elle rêvait...

Non, Gary venait vers elle et lui tendait les bras, ces bras qu'elle avait tant désirés.

— Non, c'est impossible ! cria-t-elle. Je ne peux pas !

Elle se souvint des paroles humiliantes d'Elsa Blank. Elle était une inconnue, sans le sou, une petite Française ordinaire, sans nom et sans renom. Elle ne pouvait devenir l'épouse du grand Gary Wells, promis au plus bel avenir dans le gouvernement des Etats-Unis.

Bouleversée, elle se détourna de Gary. Elle ne souhaitait qu'une chose. Regagner sa chambre... Hurler, pleurer, oublier...

Quand, soudain, Aristophanos Erasis annonça d'une voix puissante et autoritaire :

— Attendez un peu ; tous autant que vous êtes ! Avec vos nouvelles fracassantes vous alliez m'empêcher de vous faire part de ce que j'ai à vous dire.

Il alla vers Barbara et la prit chaleureusement par les épaules.

— Non seulement notre amie sera bientôt mariée, déclara-t-il, mais bientôt aussi elle sera la reine de New York. Trois de mes banques new-yorkaises sont prêtes à lui faire un pont d'or pour qu'elle ouvre une maison de couture. Pas n'importe quelle maison de couture. La plus belle et la plus élégante de la métropole des Etats-Unis, celle que méritent ses merveilleux modèles !

C'en était trop pour Barbara. Elle éclata en sanglots, ivre de bonheur, de délire, d'exaltation.

C'est Adam qui vint la recueillir au bord de la syncope. Une syncope de joie.

— Barbara, mon amie, ma grande amie... Vous le serez toujours à l'avenir. C'est le plus beau jour de ma vie.

Il la serra si tendrement dans ses bras que Stella et Gary, mimant la jalousie, s'empressèrent de les séparer pour reprendre chacun celui et celle qu'ils avaient choisi pour la vie.

La force de leur amour était trop pure pour qu'ils songent à le cacher.

Les deux couples s'embrassèrent longuement et toute l'assistance, émue, baissa respectueusement les yeux.

Le claquement d'une porte déchira le silence.

Furieuse, Elsa Blank venait de s'éclipser...

Achevé d'imprimer le 17 août 1981
sur les presses de l'Imprimerie Bussière
à Saint-Amand (Cher)

— N° d'édit. 4452. — N° d'imp. 1598. —
Dépôt légal : 3ᵉ trimestre 1981.
Imprimé en France

TURQUOISE

CE MOIS-CI

COLLECTION TURQUOISE

N° 116. Laure Thibault. *Comme une pierre au cœur.*

Venue au Guatera pour enseigner la botanique, Rachel se retrouve, avec ses élèves, prisonnière d'une étrange tribu... La pierre magique des Llosa tiendra-t-elle en échec la vengeance exigée par le rocher maudit ? Que pourront la beauté et le courage de Rachel contre le chef de la tribu, l'énigmatique Ramon ?

N° 117. Georgina Hardy. *Le cœur de jade.*

Hong Kong et ses mystères, la mer de Chine et ses îles enchantées... C'est là que va se nouer une pathétique rencontre... Romain de Sauveterre, le grand avocat, et Marie, l'Eurasienne, sauront-ils surmonter tous les pièges ? Le Cœur de Jade fera-t-il de Marie l'héritière de Ling Wong, le milliardaire ?

TURQUOISE MÉDAILLON

N° 119. Anne Rodov. *Et l'amour est du voyage.*

La terre tremble en Italie, et Camille s'ennuie à Paris. De son côté, Marc tente de rejoindre sa femme en plein cœur de la région ravagée. Carlo, lui, vient en aide aux sinistrés... Comment le destin s'y prendra-t-il pour les réunir ?

N° 120. Camille Morland. *Sur les ailes de la nuit.*

Perdue dans une Amérique étrangère, Christine rencontre deux hommes aussi séduisants que différents, et sa vie en est bouleversée... Dans la fièvre de Las Vegas, les passions éclatent. Les cœurs s'affrontent et se déchirent...

N° 121. Charlotte Ussel. *Les sentiers de Kathmandou.*

Médecin à Kathmandou, Cécile parviendra-t-elle à sauver Diana, qui s'est laissée glisser sur la pente de la drogue ? Un homme vient l'aider dans sa tâche : Jean-Claude, le père de Diana... Mais quelles seront leurs épreuves ?

TURQUOISE SORTILÈGES

N° 122. Elisabeth Geoffroy. *Le violon tzigane.*

Des Carpates aux rives du Danube, la musique des violons tziganes est toujours la même. Les brumes de l'Orient-Express se sont évanouies, mais l'ombre de Lajlo et de Génoféva demeure. Leur souvenir maudit réunit Franz et Virginie. Leurs fantômes les séparent...

N° 123. Flora Owies. *Le trésor des Basques.*

La découverte d'une statuette, celle d'un manuscrit en vieil espagnol... Agnès pénètre malgré elle dans un univers d'amour et de jalousie. Un secret pèse-t-il vraiment sur sa famille depuis un siècle ? Et surtout, Roland pourra-t-il la protéger du maléfice ?

∨

TURQUOISE
LE MOIS PROCHAIN

COLLECTION TURQUOISE

TURQUOISE MÉDAILLON

TURQUOISE SORTILÈGES

TURQUOISE

Des auteurs jeunes, des romans inédits pour les lecteurs dans le vent.

TROIS SÉRIES

COLLECTION TURQUOISE

Une femme. Un homme. Un endroit de rêve.
Une belle histoire d'amour.

La Collection Turquoise vous fera aimer, pleurer, partir et vivre des aventures et des passions hors du commun.

TURQUOISE MÉDAILLON

Un homme et une femme
déchirés par la passion.

Vous partagerez avec les héroïnes de la série Turquoise Médaillon le plus sublime des tourments et la violence de ce que peut devenir un destin de femme.

TURQUOISE SORTILÈGES

Une femme, un homme
aux prises avec l'au-delà.

Avec la série Turquoise Sortilèges, vous affronterez le monde surnaturel et vous vivrez une belle histoire d'amour.

EN VENTE PARTOUT